U0609085

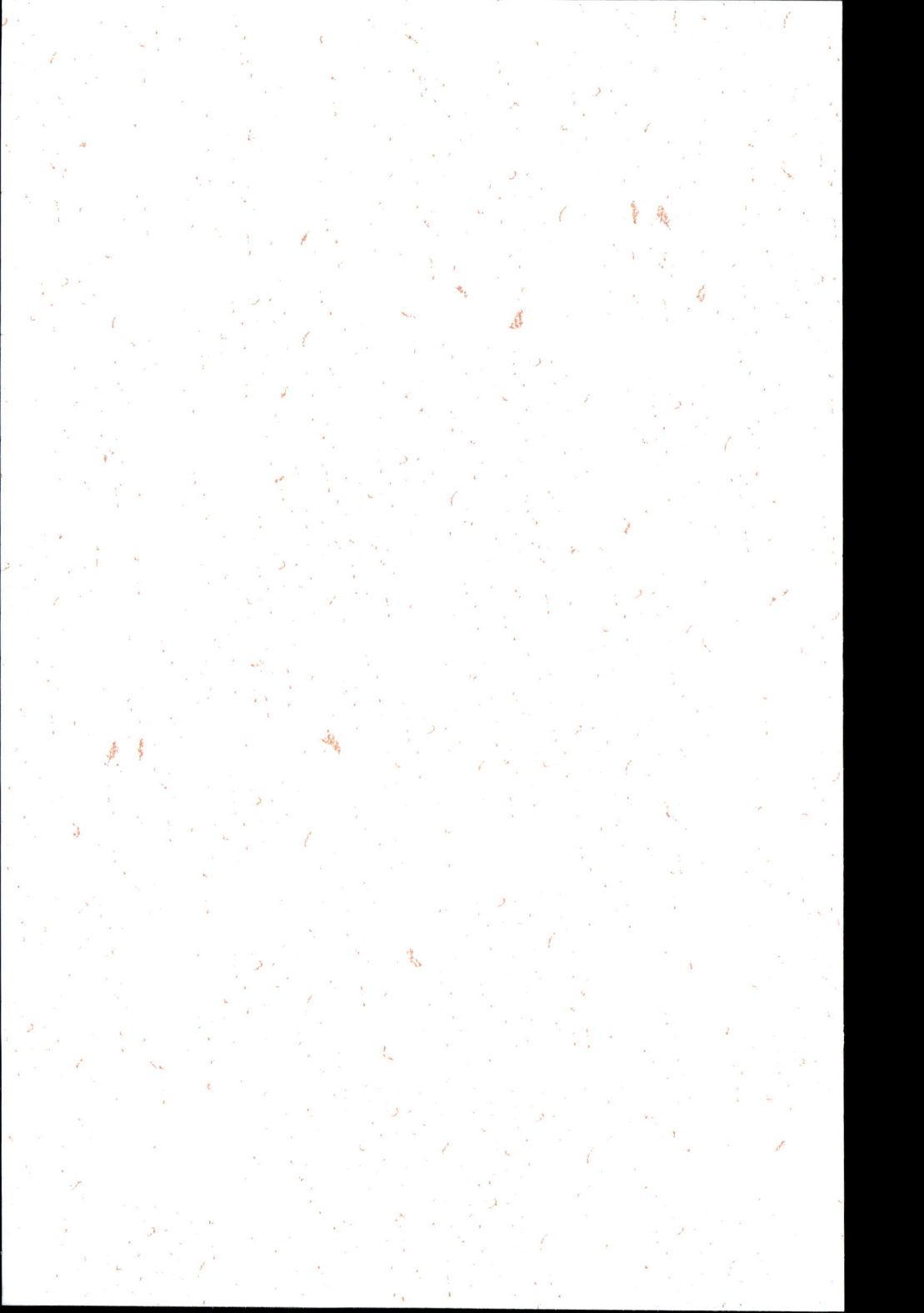

所有的人生磨难，不过是命运馈赠的礼物

怡安 著

YIAN'S
WORK

长江出版社
CHANGJIANGPRESS

图书在版编目（ＣＩＰ）数据

所有的人生磨难，不过是命运馈赠的礼物／怡安著.
—武汉：长江出版社，2019.9
ISBN 978-7-5492-6672-2

Ⅰ．①所…Ⅱ．①怡…Ⅲ．①故事—作品集—中国—当代
Ⅳ．① I247.81

中国版本图书馆 CIP 数据核字（2019）第 198606 号

所有的人生磨难，不过是命运馈赠的礼物／怡安　著

出　　版　长江出版社
　　　　　　（武汉市解放路大道 1863 号　　邮政编码：430010）
选题策划　天河世纪
市场发行　长江出版社发行部
网　　址　http://www.cjpress.com.cn
责任编辑　陈　辉　罗紫晨
印　　刷　三河市华东印刷有限公司
版　　次　2019 年 10 月第 1 版
印　　次　2019 年 10 月第 1 次印刷
开　　本　880mm×1230mm 1/32
印　　张　9.5
字　　数　190 千字
书　　号　ISBN 978-7-5492-6672-2
定　　价　42.00 元

我们就是在一个不断解决难题的过程中成长，如果永远说自己不行，不主动面对困难，那就会永远一事无成。

　　无论什么工作，只要全力以赴去做，就能产生成就感和自信心，只有极度认真工作，才能解决问题，才能走出困境。

　　人的一生本是平淡无奇的，但是因为你往里面添加了各种各样的色彩，才让自己的世界变得五彩缤纷。

年少的时候，我们总是希望有人来拯救我们的生活，可长大后才明白，与其等待别人来拯救我们，不如自救。

　　有趣的灵魂才会让生活变得有滋有味，你是怎样的人，就会遇见怎样的人；与其去寻找有趣的人，不如先做一个有趣的人。

　　我们每一个人，都能成为自己生命中的主角。不用羡慕别人的生活，努力过好自己的生活，不管如何平凡，只要奋力奔跑，不服输、不气馁，我们终会找到希望的曙光。

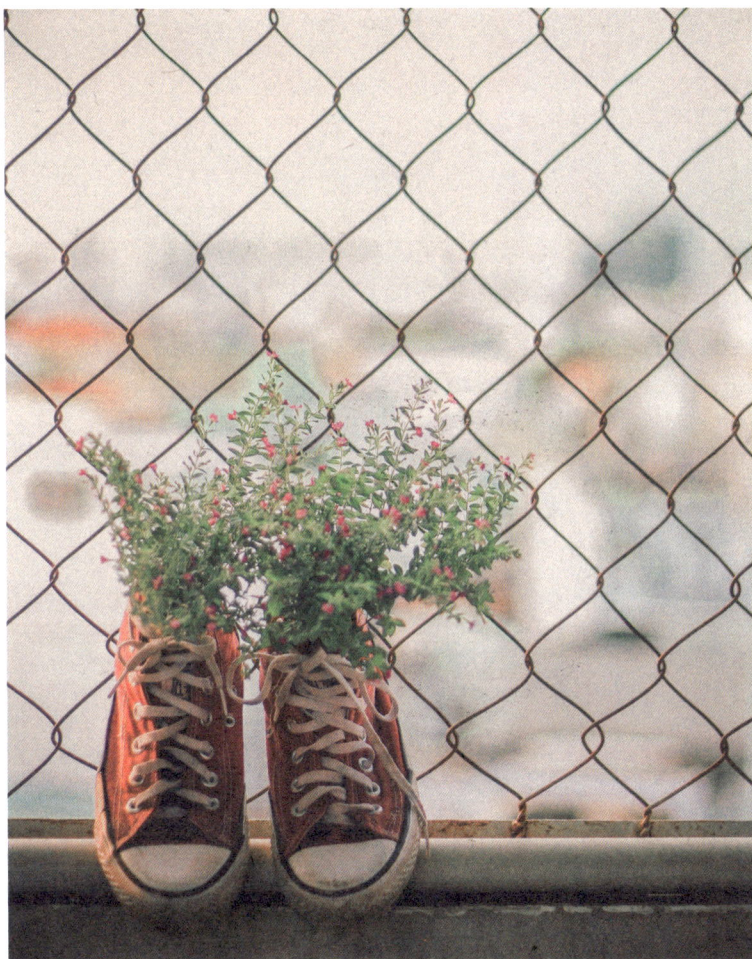

没有一个人的一生是无忧无虑的，也没有一个人的一生是挫折不断的。

上天或许对我们并不公平，因为有些东西我们无法改变。但生活对我们是公平的，因为你对生活怎么样，生活就会对你怎么样。

　　有时候，你看别人的生活就像是看万花筒里的世界，妙不可言；看自己的生活就像是流水线上批量生产的物品，枯燥乏味。

　　既不讨厌孤独，但又不过分追求孤独，接受自己所面对的一切处境，不管是好还是坏，那都是我们的生活，不能因为一些琐事而让生活变得索然无趣，那太不值得。

　　现在多努力一点，未来就轻松一点，一路跌跌撞撞走过来，只希望我们再回首时，看到的是欣慰，而不是遗憾。

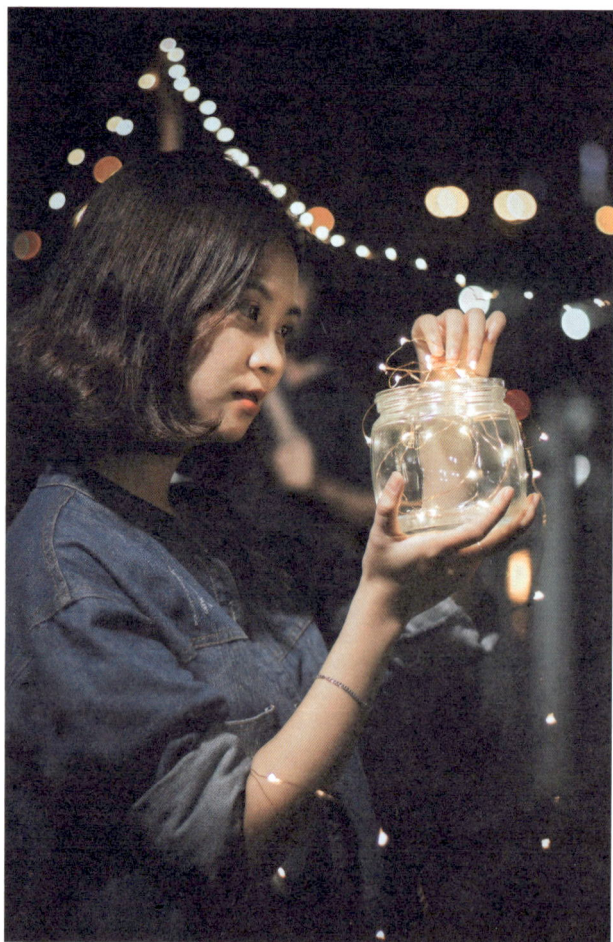

　　一个人能够承受的痛苦是有限的，想哭就哭，想笑就笑，没有必要选择一个人硬扛。

序言 | 我们都是普通人，但身上都有闪光点

　　每个人身边总有一些闪闪发光的人，他们自信、大方、优秀，你十分羡慕他们。每个人身边总有一些像主角似的人，不管走到哪里都能吸引别人的注意。与他们相比，我们自己就像丑小鸭一般，没有存在感，不被人关注。

　　年少的我们，总是对自己未来的生活充满希望，但在成长的过程中，我们会遇到一些烦恼与困难。因为某些原因，我们逐渐变得脆弱、自卑，开始否定自我。

　　以前我就是一个很自卑的人，有很多事情不敢去想更不敢去做，20 岁之前的我，几乎就是平庸、自卑与沉默的化身。

　　因为不善言辞，所以我不喜欢主动表现自己，喜欢一个人独处，也习惯了被老师忽视，更习惯了用文字来记录和表达自己的心情或想法。

　　因为不自信，所以我常常否定自我，总觉得自己什么也不会，什么也做不成。后来我突然意识到，如果连尝试都不敢，那自己永远都无法进步。

　　"尝试"这个词，使我迈向了希望的第一步，上了大学后我积极尝试了很多活动；大二我尝试了写文章、做公众号，每

天都为此忙得不亦乐乎；我开始尝试去寻找自己身上的闪光点，而不是一再自我否定。

如果你和我一样是一个普通的人，却一直坚信越努力越幸运；如果你和我一样，遭遇了大大小小的失败，却一直拥有一颗不服输的心；如果你也和我一样，相信命运是掌握在自己的手里，那你应该会喜欢这本书。

在这本书里，我记录的不仅仅是自己和身边一些普通人的生活，还抒发了一些自己的思考与感想；在这本书里，你能学到学习、工作、生活里的一些重要经验，也能收获生活中的一些温暖与感动。在这本书里，你会发现每个人的人生其实都不普通。

这是我的第一本书，文字还很稚嫩，却很真实。书里记录了那些曾感动我的人或事，那些曾让我引起反思的问题。我相信总有一篇文章可以打动你，或者给你一些力量和温暖，让你有勇气和动力继续前行。

我相信每个人身上都有闪光点，再平凡的人也有不平凡的地方。我们要做的绝不是自卑或气馁，而是用积极、自信的心态，努力朝着积极的方向前进。

目录 Contents

Part 1

只要认真生活，普通人也能闪闪发光

Part 2

可能理想很丰满，但是现实很残酷

Part 3

人生没有白走的路，每一步都算数

Part 4

不是你不够努力，而是优秀的人太拼命

Part 5

善待一切，就会被一切善待

Part 6

在爱情里，请不要患得患失

1

只要认真生活，
普通人也能闪闪发光

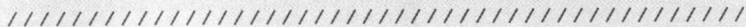

自卑并不可怕，就看你如何对待

01

每个人的生长环境与经历不同，因此每个人我们的性格也有所不同。有的人开朗、乐观、冷静，有的人急躁、悲观、自卑，生活给了我们太多的幸运，又给了我们太多的不幸。

从小我就体弱多病，三天两头就得进医院打针、输液，几乎是天天与药为伴。初二那年我因为感冒发烧引起了脑炎，老师立马通知父母把我送到了医院，医生一看情况不妙，立刻将我送进了重症监护室，还当场下发了病危通知书。

我爸听到这个消息时，泪流满面，无助地恳求医生一定要救救我。以前我一直以为他不爱我，而这一次的经历让我明白，原来他不是不爱，而是不会表达爱。

还好上天没有带我离开这个世界，我幸运地活了下来。一直处于昏迷状态的我胡言乱语，医生说我的智商很有可能会受到影响，很多孩子就是因为脑炎而痴呆。那时的我刚满 13 岁，还是一个什么都不懂的小女孩，根本意识不到问题的严重性。

幸运的是，我并没有受到多大影响，住院几周后我开始回到学校继续上课。

因为生病留下了后遗症，后面几年，我的头痛经常发作，靠各种感冒药缓解疼痛，这种时候我也会觉得自己不是一个正常人。

由于病期服用了一些激素，我整个人看上去圆润极了。或许也有青春期的缘故，即便每天只吃一顿饭，我身上的肉还是有增无减。而胖就意味着穿不了好看的衣服，再加上每个月的生活费有限，我的穿着打扮非常土气。

我喜欢上了隔壁班的一个男生，却一直不敢开口，因为我觉得他太优秀了，如此平凡的我根本就入不了他的眼。我一直觉得青春本应该像个娇羞的少女，"少女"是一个很美好的词语，而我的青春却像一只丑小鸭。

后来更让我痛苦的是，亲人接二连三逝世，我备受打击，躲进了一个人的世界中，不想和任何人交流，不想去人多的地方，更不想展露自己的丝毫情绪。

没有多少人能够真正理解我的痛苦与无奈。我经常在夜里偷偷哭泣，我甚至一次又一次质问上天，为何要让这些事情发生在我的身上？伤病、痛苦与无助，在我的整个青春里一直扮演着最重要的角色。

2015 年高考落榜，我几乎丧失了任何斗志，那时候我感觉人生真的很艰难，我不知道路在何方。而自卑更是让我彻底沉到谷底，我想大声呼叫，却发不出任何声音。

02

那时，我总是羡慕班上那些长得好看的女同学，羡慕她们每天都能穿着好看的衣服，羡慕她们敢在课堂上积极回答问题，羡慕她们能去参加各种各样的比赛、交各种各样的朋友。而我，却没有勇气像她们那样享受着美好的青春年华。

因为家庭、性格和外貌等因素的影响，我产生了严重的自卑的心理。可是，越到后面，我越发现自卑没用，只有自己下定决心做出自我改变才有用。没有人可以帮助我，更没有谁能够救赎我，能够救我的就只有我自己。

为了增强体质，我每天早晚定时锻炼，跑步、跳绳、慢走，雷打不动地训练了三个月，体质也在这样反复的锻炼下增强了不少，头痛感冒的次数也减少了，身材也在慢慢恢复到标准。

后来我开始积极面对生活，暑假进公司兼职，考取各种证书、拿奖学金、写作。我所做的这一切都是在进行自我救赎，我愿意给自己一个机会，尝试着用乐观的态度去面对生活中的每一件事情或每一个人，去改变自己的消极状态。

我每天努力向前走一小步，逐渐成为了一个自信的人。虽然如今的我谈不上优秀，但我可以肯定地告诉自己："你看吧，你真的做到了，其实你并没有自己想的那么糟糕。"

我渐渐地明白，要想克服自卑，首先得在内心建立起自信心，去积极丰富自己的生活，鼓起勇气多去尝试一些事情。当你的自信积累得越来越多时，你就会发现自卑不过是生活的添加剂而已，其实并不可怕。

03

正是因为有了"自卑即平庸"这样一个错误的心态，我们才走了很多弯路，如果将自卑的情感转化为动力，我们的生活将会更加美好。

很多光鲜靓丽的名人，也曾经历波折。任何人的人生都不可能是一帆风顺的。

央视著名主持人白岩松，也曾是一个极度自卑的人。他说自己是一个悲观主义者，他做任何事情，都会比别人多用十二分的力气，因为自己怕做不好，所以会付出更大的努力。天道酬勤，每做好一件事，他自己就多了一分自信。

其实自卑并没有你想的那么可怕，只要将自卑转化为前进的动力，你就能"因祸得福"。

千万不要去刻意放大自己的悲伤或者无奈，因为你越是放大，你的生活就会越发消极。每个人都需要学会调整心态，调节情绪，没有一个人的一生是无忧无虑的，也没有一个人的一生是挫折不断的。

如果我们永远抱着自卑、无可奈何的态度，我们将被自我否定与自我埋怨摧毁；如果没有摆脱自卑的心态，我们再怎么努力，也无法取得较大的进步。

而那些成功的人之所以成功，是因为他们懂得"取长补短"，没有去怨天尤人，更没有自暴自弃，他们明白要比别人付出更多的努力，才能走得更远。

　　年少的时候，我们总是希望有人来拯救我们的生活，可长大后才明白，与其等别人来拯救我们，不如自救。所以，如果你也有些自卑，不要害怕，不要逃避，请一定要和它握手言和。

肯定自己，比否定自己更有价值

01

我身边有很多朋友都对自己不太满意：他们认为自己没有聪明的头脑，没有好看的脸蛋，没有良好的交际能力，甚至觉得自己将来不会找到一份好工作或者拥有一份不错的爱情，他们总感觉自己一无是处，身上没有任何闪光点。

相反，他们却很喜欢放大别人的长处，经常去翻看别人的朋友圈动态，去追寻别人的脚步，去羡慕别人的生活，去感叹别人的优秀，紧接着来贬低自己所拥有的一切。

我暗自惊讶，为何大家这么武断地把自己的一生给否定了呢？

我记得上高中时，班上有一位男同学，性格有些内向，体重接近一百公斤，很多人对他的第一印象就是胖，大家有事无事喜欢取笑他几句。他常常喜欢自嘲，总觉得生活无光，人生无望。

每次考试结束后，班主任都会按照成绩的高低让学生自由选择座位，他那次考试位居班上第九名，他兴高采烈选了一个第三排中间的座位。但坐了没几天，就有人向班主任反映他身材肥大，挡住了后面的同学看黑板。胖同学知道这件事后，再也没有坐过前排。

他虽是一个男生，不如女生那般敏感，但也会伤心难过，只是大多时候表面上装得风轻云淡，私底下却一个人偷偷抹眼泪。他总觉得自己在别人的心里很差劲，没有信心和斗志，就连做事也是战战兢兢的。

他很讨厌自己的一身肥肉，也想过减肥，可因为压力和焦虑，体重反倒越来越重，有一段时间甚至产生了退学的念头。

有一天，学校要各年级举行拔河比赛，每班需要推荐一名学生去参加比赛，这是关乎年级荣誉，大家都很重视。

拔河比赛拼的是技巧和力气，胖子心里犹豫了很久，他见周围的同学并没有打算报名，都在观望与讨论，于是战战兢兢地站了起来问道："老师，我……我想报名，可以吗？"他越说到后面，声音越小。

老师感到很惊喜，立马选了他，还让班上的同学一起为他鼓掌，他受宠若惊。他不负重望，和团队一起为年级争了光，受到了同学们的夸赞。他突然意识到，原来他并没有自己想的那么差劲，只是以前太关注自己的缺点，而忽略了自己的优势。

从那以后，他变得越来越开朗，甚至还给自己制定了减肥计划，坚持每天按照计划执行。他还变得越来越喜欢和老师、同学交流，朋友也越来越多，体重也逐渐减轻，一切都在慢慢变好。

几年不见，男同学不再是当初的那个胖子，往日自卑的他早已变得阳光向上，大学时获得过国家奖学金，还参加了很多实践活动，生活过得丰富多彩。现在的他已经考上了研究生，有一个相爱几年的女友，年底准备将女朋友带回家见父母……

其实每个人或多或少都有自己的缺点，没有人是十全十美的，当你一味盯着自己的短处，而忽略了自己的长处时，你会发现这样既得不到别人的重视，也会导致自己也会看不起自己。去学会接纳自己的不足，懂得欣赏自己的长处，这样你会发现，原来生活每天都是充满希望的。

02

我的性格安静内向，不太喜欢刻意去表达自己，从小到大，听到别人最多的评价就是："这个姑娘怎么这么内向啊！"我也一度认为，自己的人生会因为内向而错失很多美好的风景。

在上大学的时候，有一次我参加系学生干部的聚会，当天来了很多优秀的学长学姐，还有很多领导以及各科老师，我就静静地坐在一旁，看他们互相交流聊天，偶尔会和朋友一起聊几句。

我的朋友是一位活泼开朗、善于表达的姑娘，无论何时何地，她都可以交到很多朋友。我特别羡慕她的活泼开朗，自己偶尔还会陷入自我鄙视与嫌弃中。

直到后来，男朋友说很喜欢我这种"安静却有力量"的性格。从那以后，我开始认真审视自己，我发现自己能够很好地和人相处，也有一些非常知心的朋友，只是不太喜欢接触陌生人而已。

以前我觉得"内向"是一种缺点，但现在我倒觉得这是一种快乐。我因为随性、不矫揉造作、不勉强自我而感到快乐，我不会为了合群而刻意去融入某个群体。就像有的人为自己的敏感而烦恼，其实这是一种与生俱来的洞察力与感知力，大多数人都没有这样的特质。

你看，如果你只是一味沉浸在自我否定中，那烦恼不会因此而减少，反而会越来越多，甚至会牵绊你的生活，影响你的情绪。

03

心理学家认为，一个人的自身状态会影响他的观察视线。

这种现象在心理学上叫"视网膜效应"，当他自己拥有一件东西或一项特征时，他就会比平常人更能注意到别人是否跟他一样具备这种特征。

卡耐基曾提出一个论点，每个人的特质中大约有 80％是优点，而 20％左右是缺点。当一个人只知道自己的缺点是什么，而不知发掘优点时，"视网膜效应"就会促使这个人发现他身边也有许多人拥有类似的缺点，进而影响他的人际，导致他的生活充满阴暗。

台湾作家林清玄，读高二时被记了两次大过，他的学业和操行都是劣等，很多老师都对他不抱什么希望了。但他的国文老师却对他说："我教了五十年书，一眼就看出你是个能成大器的学生。"

这句话让林清玄很是感动和震撼，为了不辜负老师的一片苦心，他发奋努力。从那之后，林清玄先生坚持写作，一直笔耕不辍，后来，他成了一名著名的作家。

每个人都有自己独特的闪光点，一个懂得欣赏的人必定会先欣赏自己。欣赏自己，首先要相信自己，不要一直抓着自己的短处不放，要学会认识自己的优势，取长补短，再一往无前。

就像有的人天生聪明，就算我们付出再多努力也追赶不上，但每个人的目标是不一样的，没有谁生来一定要打败别人，我们要战胜的只有我们自己。

如果你一直自我否定，那么生活也会给你带来一件又一件烦恼的事情。学会自我肯定，不仅是对自己的鼓励，更是对生活的热爱。

一个人在某一方面的自信是需要成就感和自我肯定来堆砌的，你要学会欣赏自己努力的成果，更要学会欣赏自己的进步。其实你并不差，只是需要一些时间来证明，千万别着急，更不要气馁。

原生家庭留下的痛，请试着跨过去

01

你有没有责怪过、埋怨过你的父母没有支持你的理想？

你有没有羡慕过别人的生活，而感觉自己的生活一塌糊涂？

你有没有受过原生家庭所带来的伤害？

如果你的回答是肯定的，那么，或许下面的故事能给你启发。

去年我们公司组织新员工去外地学习，休息的时候刚好遇上一个协会的优秀青年分享会，其中有一位名叫林惠的青年的分享令我印象十分深刻。

2016 年 6 月，林惠的父母离异了，在长达十多年的争吵与僵持后，他们终于离了婚。那时她正参加完高考，本还在焦急地等待考试结果，却没想到先等来了这样一个消息。

没过多久，林惠的妈妈组建了新家庭，她眼睁睁地看着自己原来的家落入冰窖，没有了一丝温度。父母对她不管不顾，她仿佛被主人抛弃的流浪猫狗，漫无目的地游荡，不知道该找谁，也不知去哪里，只能半夜躲在角落舔自己的伤口。

父母离婚后，林惠的爸爸开始酗酒，想以此来麻痹自己和逃避现实。父亲每次喝完酒后，脾气就极差，看见女儿就破口大骂，说她是扫把星，恨不得将所有的怨气都发泄在她身上。

后来她的父亲因酗酒过度而住院，生活越来越拮据，就连她上大学的学杂费借来的。

上了大学后，林惠为了赚取生活费，每天除了坚持学好专业内容外，还会外出兼职，哪怕一天只能赚 10 元钱也会去，不然下一餐的饭菜就没有着落。后来，她进了一家公司兼职做销售，每月的收入稳定在 1000 元左右，她这才安下心来学习新的技能提升自己。

林惠说自己从来不知道什么是家庭的温暖，什么是爸妈的关心与呵护，日复一日的争吵让她只想快点长大逃离那个可怕的原生家庭。原生家庭带给她的伤害，就像海绵里的水，一挤就源源不断往外流。

后来上了大学，她才意识到能做的就是改变自己，于是拼命地努力，寻找未来的希望。

她讲到这里的时候，在场的许多听众都已经默默流下了泪水，我发现她的眼里也噙着泪水。在眼泪即将流下来的那一刻，她深吸了一口气，微笑道："没关系啊，我的家庭就是这样，我不能去责怪我的父母，因为我知道就算是责怪也没有用，我必须奋力逃出这个旋涡，寻找新的生活。"现场响起了热烈的掌声。

02

原生家庭成了很多人心里一道难以迈过的坎，人的一生不可能一帆风顺，总会遇到磨难和挫折，我们应该以乐观、坚强的态度去面对、去解决。

这又让我想起了我高中的一位师姐，她是我接触过的最励志、最让人心疼的一个姑娘，每每想起她的故事，我心里就充满了感动与佩服。

师姐出生在一个普通的农村家庭，家里有爷爷、父母和妹妹，共五口人。由于师姐是父母的第一个孩子，父母对她疼爱有加，她时常可以在他们怀里撒娇。

谁能想到，意外就这样到来了。高二那年，师姐的父母在车祸中双双去世，家里还有一个刚上初中的妹妹。奶奶去世早，爷爷身体也不好，一家人的顶梁柱没有了，仿佛天都要塌下来了。

那时的师姐也才16岁，在一个本该只顾专心读书的年纪，肩上突然背负了巨大的担子，她一时不知道该怎么办。压力最大的时候，她经常失眠，整夜躲在被子里哭泣，因为她完全接受不了父母的离世。

张爱玲说："生命就像一袭华美的长袍，上面爬满了虱子。"不管生活再怎么不美丽，我们还是得继续向前走，师姐擦掉眼泪，坚强地站起来代替父母撑起整个家。

因为住校要交住宿费，家里拿不出钱，好在两姐妹的学校离得近，师姐便把妹妹接到自己的宿舍，两人一起吃一起住，这样能节约一笔钱给爷爷买药。

因为家庭的变故，师姐发奋学习，成绩越来越优秀，凭着高分成功考入本市的一所重点大学。她选择的是定向免费师范专业，大学期间不交学杂费，还有生活补贴。

而父母车祸的赔偿金，她一分没动，全都留给了爷爷和妹妹。上了大学后，师姐一边做兼职，一边努力学习，希望能够争取到学校的奖学金；她还申请了学校的助学金，用这些收入来照顾家人。

大一那会儿，室友们对她产生了极大的偏见，经常冷嘲热讽，她们都以为师姐是一个爱慕虚荣的女孩，为了钱没命地做兼职。她在学校旁边的餐馆当服务员，收拾残羹剩饭，洗碗打杂。

在她大四那年，她本来打算毕业后将自己攒下来的钱带爷爷和妹妹出去旅游，没想到上天在这个时候却无情地带走了她的爷爷，从此只剩下她们姐妹俩相依为命。

在爷爷的葬礼上，她一度哭得昏厥过去，眼睁睁地看着自己的至亲一个接着一个离去，她内心的伤口猛地一下被撕开。没有人知道她内心的伤痛与无助，更没有人能够懂她、理解她，因为她极度自卑与害怕。

原生家庭带给她的伤害永远恢复不了了，她的性格变得越来越冷漠，她越来越讨厌人群。

03

大学毕业后，师姐在当地一所高中当语文老师，挣钱供妹妹读大学。长姐如母，师姐想把一切最好的都给自己的妹妹，只要妹妹幸福开心，她就开心满足。

好在一切都坚持过来了。妹妹上了大学后，她也能挣钱承担自己的学杂费了。而师姐在工作上也越来越顺利，并且还存下了一笔小钱，一有时间就会和妹妹一起外出去旅游。

原生家庭带给她的伤痛就像一道疤痕，就算是花再多的心思和金钱，都难以完全恢复，只能交给时间去平复。但只要内心是充满阳光的，新生活总会到来。

去年再次见到师姐时，她和妹妹都已经成家立业了，两姐妹的关系格外亲密，她俩的丈夫也都很有责任感，因为他们都知道自己的妻子吃了多少苦，受了多少罪才走到今天，他们更应对她们好。

04

很多人总是去责怪父母没能给自己提供更好的生活，却没有试着去为他们分担压力；有的人总是去羡慕别人的父母，而贬低自己的父母，却不知自己是身在福中不知福。有的孩子连父母都没有，连一个完整的家庭都没有，温暖和爱对他们来说都是遥不可及的奢望。

很多人宁愿将生活中积累的所有怨气和不满都归咎于原生家庭，也不愿意勇敢正视问题。一个人成熟的标志，是学会对自己负责，而不是将责任都推卸给自己的原生家庭。

有人曾说："爱与恨是人生的两大主题，因爱而生恨，要想治愈原生家庭所累积的恨和伤害，就得用爱。"只有意识到自身的缺点，不断地去学习和成长，让自己的内心丰富起来，你的生活才会走上幸福的轨道。

我希望每个人都学会主动接纳原生家庭的不完美，用时间和努力来治愈原生家庭带给自己的伤害；我更希望，那些在原生家庭受过伤害的人，都能从伤痛中慢慢走出来，都能拥抱美好的明天。

愿有人能理解你的脆弱

01

有人说："如果一个乐观的人沉默了，说明她真的受委屈了；如果一个坚强的人哭了，那说明她真的撑不下去了。"

有的人一直是家人的依靠，一次又一次为父母解决难题，让父母感到心安；有的人一直是朋友中的小太阳，积极乐观，很少会有负面情绪，让朋友感到开心；有的人一直是领导心中的得力助手，即使工作上遇到再大的问题，也会尽最大努力去解决，让老板感到放心……其实再坚强的人，内心也有脆弱的一面，只是被大家习惯性地忽略掉了。

我从小在大家心目中就是一个脾气好又独立的女孩，平日都是我去安慰别人，很少有别人安慰我的情况出现。一路走来，我习惯了坚强，习惯了一个人在心里默默消化所有的委屈。

有一段时间，不知为何我的状态特别不好，时常感到压抑、烦躁、沮丧，甚至对未来充满迷茫，明明近期取得了一些不错的成绩，事业也在向上发展，可就是觉得心里郁闷，高兴不起来。

我感觉心里有很多想说的话，可又不知道找谁诉说，更不知道从何说起，干脆自己一个人扛着好了，不想给朋友增添麻烦。有时候会莫名其妙地想哭，心里总觉得自己很委屈，于是，我找了一个排遣的好地方，那就是一个人偷偷大哭一场，哭完之后保证心情好了一大半。

小时候只要一哭，大人都会想办法尽快止住我们的眼泪，或是安慰，或是拿糖果哄，或是严厉警告，总之，会让你尽快停止哭泣。

越长大越会发现，能够真正让自己哭的机会已经不多了，在大多数情况下，周围的人都是一本正经在教我们如何坚强，却没有告诉我们如何开心自在。

每次的情绪崩溃，都是一个一个担子压上去，一点一点的负面情绪累积起来，然后在感觉自己喘不过气来的时候彻底崩溃。我并不觉得情绪崩溃是一件很丢人的事情，相反，我能够正确审视自己的情绪，并且正确对待它，这没什么大不了的。

在心情好且不忙碌的情况下，我收到读者的来信都会一一耐心回复。如今自我烦恼多了，就只能视而不见。我自己都安慰不了，再去安慰别人有何意义？

这个世界上，能够安慰与救赎自己的还是我们自己，只要自己没有迈过心里的那道坎，别人说再多安慰的话也无济于事，我们皆是如此。

02

我的好朋友莉姐，大学读的会计专业，毕业后在主城的一家代账公司实习，每月拿着1500元的工资，连周末都在拼命加班，只为了能够在公司留下来，因为就业压力实在太大了。

前几天，她刚搬了新家，和同事合租在40平方米不到的房子里，每月房租和水电费用600元左右。为了节约用钱，她每天早上准时起床做早饭，下午下班回来花几元钱买点菜做晚饭，上下班都挤在满车厢都是人的轻轨上。天气一热，人挤着人可真难受。

她从来没有向谁倾诉过自己的无奈与无助，反而豁达地说："想在这座大城市里生活下来太难，但那有什么，走一步有走一步的欢喜，只管往前走就对了。"

前两天我回学校去办理教师资格证，顺便去她家住了两晚，第一天去的时候，我买了一条鱼，花了30来块钱，做了一锅鱼汤。另外一位朋友感叹道："实习这段时间，我们从来没有买过这么贵的菜，一顿饭尽量不超过10元钱，一个月都吃不上几次肉。"

学校正催着实习的学生交教师资格证认证的相关个人资料，于是，下午吃完饭，莉姐和我去外面打印申请资料，十几张资料花了我十几元钱，我略感心疼。

我问："老板，这个多少钱一张？"

他说："一块钱一张。"

我又说："这么贵啊，我们学校才五角钱一张，便宜的两角钱也可以拿到。"

老板笑了笑回答："这是在外面，怎么能和你们学校比，学校的东西便宜。"

我想想也是，出了社会，怎么能再和学校比较。学校和社会是有很大区别的，就像学校可以吃到几元钱的饭菜，出了社会你会发现，随随便便一碗炒饭也要 10 元钱；学校每年交 1000 元的住宿费，出了社会，租住的房子一个月的费用就要 1000 多，相比之下，大学简直是个舒适的宝地。

03

答谢后，我收好所有资料，和莉姐一起沿着街道走回了家。我俩在路上一直聊各自近期的生活，聊起了对未来的畅想，聊着聊着突然发现心里所有的烦恼都烟消云散了。

晚上洗漱完，大概九点钟，我躺在床上玩手机、看看文章，莉姐拿出电脑，开始加班。

她从晚上九点一直工作到凌晨零点，记得中途她对我说了这样一句话："安安，我真怕什么时候我就犯法了。"我惊讶不已，她解释，代账工作很烦琐，需要特别细心，不能出错，因为这项工作风险很大。我握了握她的手，想给她一点力量，虽然这力量微不足道。

我和莉姐是高中同学，那时候关系就很好，她一直是我们同龄人心目中的大姐，懂得去为别人排忧解难，我从来没有看见她在我们面前哭过。

那天晚上我俩睡在一张床上，聊着聊着，我疑惑地问她："莉姐，你有压力特别大的时候吗？"

她想了一下，回答："有啊，我经常都会有这样的感觉。"

我又问："那我怎么感觉你平时都没什么烦恼，仿佛刀枪不入一般。"

她听到这里时，突然沉默了。我以为自己说错了话，她突然对我说："我压力特别大的时候会把所有的烦恼记录在笔记本里，或者自己画漫画。实在撑不住了，就会躲起来哭一场，或者想想开心的事，也就过去了。其实我觉得生活也没那么糟糕，还得往前看。"

听到她说的这些话，我的眼角有了一丝丝的湿润。认识莉姐这么多年，我们总以为她是刀枪不入的一个女孩儿，没想到她坚强的外表下，也有一颗脆弱的心。

莉姐卸下坚硬的"铠甲"后，也不过是一个20来岁刚出社会闯荡的姑娘，其实她并没我们想象的那么强大，只是被很多事情逼着变得强大罢了。城市很大，车水马龙，大家每天生活的节奏都很快，快到来不及去顾及自己的委屈。

04

有时候我们心里藏着太多的委屈和辛酸，不奢求别人理解，不说给人听，也不拿给人看，只是一个人默默地舔着自己的伤口，始终隐忍，不肯落泪。在人前，该笑便笑，看似洒脱，但那眼角眉梢都藏着的淡淡失落。

别人觉得你成熟、独立、坚强，是因为你将所有的委屈和困难都独自消化了。你表面看上去云淡风轻，其实内心往往很柔软，在经历了一次又一次的苦难之后，铸造了一副坚强的铠甲。

一个人能够承受的痛苦是有限的，适当的释放是为了更坚强，想哭就哭，想笑就笑，没有必要选择一个人硬扛。

就好比，我和莉姐就这样随便聊一聊，不带任何负能量，就感觉心情好多了，心里也没那么压抑了。生活就是这样，没有什么烦恼是解决不了的，但需要你卸下"铠甲"的时候，请别再逞强，更不要让自己太坚强，那样只会越来越累。

再坚强的人，也会觉得累，也会觉得委屈，没有人天生坚强，他们只是不擅长表达自己的脆弱。难过的时候，就大声地哭，没有人会嘲笑你。不必刻意隐藏自己的情绪，不必时时亮出自己的铠甲，愿有人理解你的泪，理解你的苦。

好看的皮囊千篇一律，有趣的灵魂万里挑一

01

我是一个长相特别普通的女孩，单眼皮小眼睛，小个子大骨架，自从懵懵懂懂有了喜欢的男生后，便开始注重起自己的外貌来，每次站在镜子前都会忍不住自我感叹一番："为什么我就不能漂亮一点呢？"

上了中学后，体重增加了不少的我看上去就像一个球，为了减肥宁愿每天只吃一顿饭，有时候一天只吃两个苹果，恨不得立刻就瘦下来。明明有些裙子穿不了，却还是将其买回，一是为了激励自己减肥；二是为了看着养眼。

那时候我同桌也是一个单眼皮的小姑娘，她为了让自己能够拥有好看的双眼皮，每天坚持贴双眼皮贴，在她坚持不懈地贴了两三年后，才发现根本没用。

有的同学为了让自己拥有好看的酒窝，竟然每天上课用笔杆往自己的脸上戳；还有的人为了让自己拥有高鼻梁，竟然用夹子夹在自己的鼻子上。总之，在青春年少的时候，我们为了

变美什么都做得出来，现在想起那些奇奇怪怪的行为，我觉得真的很好笑。

成年后，我们拥有了更多的自主选择权，可以买很多护肤品和漂亮衣服；每天化着美美的妆容，穿漂亮的衣服，去接触更多的人。有的人为了美丽，甚至会选择去整容，在很多人眼里，拥有一张漂亮的脸蛋是梦寐以求的事情。

好看的皮囊，仿佛是我们一生的追求，长相帅气或美丽也成了当下很多年轻人的择偶标准，再加上网络越来越发达，网红越来越多，甚至有不少"00后"希望自己以后能够成为一名网红，而网红最基本的标准，就是拥有好看的皮囊。

02

王尔德曾说："这个世界上，好看的脸蛋太多，有趣的灵魂太少。"

在化妆技术与美颜相机的加持下，美丽的人越来越多，但有趣的人却越来越少。

流浪者沈巍被称为"国学大师"，因为他张口就引经据典，平日也十分爱读书。他在接受采访时，说过这样一段话，让我印象深刻，他说："不是我读书多，而是因为现在的人读书太少，所以大家才会如此评价我。"

现代很多人都是无趣的，当然，我并不是刻意贬低谁，我觉得自己也是一个很无趣的人。

当你接触的人越来越多时，你会发现和有趣的人聊天，你的思维会越来越开阔，你会越来越想和对方聊下去。但如果与无聊的人聊天，聊几句话，只能用表情包表达自己的心情或者活跃气氛，你就完全没有了继续聊下去的冲动。

当然，保持美貌也是一种本事，但能够让自己拥有有趣的灵魂更是一种能力。不要过多地追逐人的外在，看一个人不能浮于表面，还要看到内在，内在美更有价值，也更值得我们珍惜。

03

我很喜欢读王小波的作品，初见他的照片时，我发现他和我想象中的形象有一些差别，但是读过《黄金时代》这部作品后，我却深深地被他的有趣给吸引了。王小波和李银河的爱情故事，更是让我动容。

1977年，25岁的王小波遇见了在《光明日报》做编辑的李银河，他并不是一个拥有好看皮囊的人——黑黄的脸，乱糟糟的头发，吊儿郎当的神情——李银河刚开始都有些接受不了他的长相，心理有障碍，为这件事儿他们俩差点儿处不下去了。

李银河曾回忆自己和王小波相识相恋的过程。

两人聊了没多久，王小波突然问："你有朋友没有？"李银河当时刚好没男朋友，就如实相告。王小波单刀直入地问了一句："你看我怎样？"后来两个人就开始通信交往，他们之间的通信被结集成书出版，书名叫《爱你就像爱生命》。

王小波对李银河说:"一想起你,我这张丑脸就泛起微笑。"他用自嘲自黑、轻松真挚的话语完全打动了李银河的心,他更用行动抗议,长得丑可以不招人爱,但爱人的权利不受限制。

李银河说:"我们俩都不是什么俊男美女,可是心灵和智力上有种难以言传的吸引力。我起初怀疑,一对不美的人的恋爱能是美的吗?后来的事实证明,两颗相爱的心在一起可以是美的。"

你看呀,两个有趣的灵魂碰撞会激发出更多的美好,就连爱情也会因此变得有趣和甜蜜,骨子里的有趣,是皮囊的美丽始终取代不了的。

04

网上有一句话说得特别好:"好看的皮囊千篇一律,有趣的灵魂万里挑一。"

那么如何才能成为一个有趣的人,拥有有趣的灵魂?

第一,有趣的人,一定是对世界充满热爱,对生活持有满心希望的人。即使遇到了困难与挫折,也能以积极、乐观的态度去面对,去解决问题。

第二,有趣的人,一定拥有旺盛的求知欲,多阅读经典书籍、名人自传,保持好奇心,积极探索新的可能性。只有自己的内心搭建起一座精致的城池,才会让越来越多的人走进你的世界。

第三，有趣的人，要拥有个人的主见，不做一个随波逐流、人云亦云的人。一个有趣的人，心中一定是拥有自己的主见，不会因为孤独而伤感，不会因为从众而丢失自我的方向，更不会为了刻意合群而放弃自己的原则。只有自己内心有希望、有个人独特的见解，才能活出自我。

第四，有趣的人，至少要拥有一项爱好或者技能。有的人为什么会觉得自己无趣，那是因为自己没有爱好或者一技之长，所以没有能让自己感觉舒服与愉快的圈子。如果你拥有一项爱好或技能，那你这一生中会遇见很多志同道合的人，彼此之间容易拉近距离，当你遇见和你达成共识的人，你便会觉得遇见了有趣的灵魂。

第五，有趣的人，内心会保持初心或者保持一块净土，会知世故而不世故。保持善良、保持热爱、保持初心，就算是身处浑浊的环境中，也要为自己留一片净土。就算是身处压力大的时代里，也要做到心中有坚守。

追求好看的皮囊，不如塑造有趣的灵魂。人的一生本是平淡无奇的，但是因为你往里面添加了各种各样的色彩，才让自己的世界变得五彩缤纷。有趣的灵魂才会让生活变得有滋有味，你是怎样的人，就会遇见怎样的人；与其去寻找有趣的人，不如先做一个有趣的人。

平凡的你，也许正过着别人羡慕的生活

01

每个人都希望能成为一个成功的人，过着丰富多彩的生活，拥有健康、财富、爱情、友情，但是，每个人的能力都是有限的，有的人到达井口的时候，或许你还在井底。

有时候，你看别人的生活就像是看万花筒里的世界，妙不可言；看自己的生活就像是看流水线上批量生产的物品，枯燥乏味。于是你开始羡慕起别人的生活，感叹起自己的平凡与艰辛。

但你有没有曾在某一瞬间意识到，原来平凡的自己也正过着别人羡慕的生活？

去年12月，我在写作群里认识了一位特殊的朋友，她说自己有个不情之请，想让我给她看看文章，我想也没想便答应了。

随后她就将文章以 word 形式发给了我，她说把 word 的排版修改一下就好，因为投稿编辑说她的内容还不错，但是排版特别糟糕。

打开文件一看，我发现文章没有进行分段和空行，看上去就是密密麻麻的一片，还发现她很多标点符号使用错误，于是，我给她修改之后，仔细地给她指出了这些问题，并叮嘱她下次注意。她非常感激，并说自己记住了，下次一定会注意这些问题。

帮完这个小忙后，我也没把这件事情放在心上。可是没几天，她又来找我了，并且先给我发了一个红包，她说一是感谢我帮忙排版；二是感谢我对她的指点。我对她说，对于一些力所能及的事情，我不会收取任何费用。

她执意要我收下红包，还表示数额很小，只是表达心意而已。于是我收下了红包，里面有 28 元，对我来说，这个小红包已经很大了。

我打开她的文档一看，却发现上次给她指出的问题依旧存在，我觉得很无奈。这一次我把所有问题再次和她说了一遍，还特意提醒她一定要多参照我给她修改的样文，她也欣然同意了，紧接着又是各种感谢。

俗话说得好，有一有二没有三，她第三次找来的时候，我的耐心已经快被她磨灭了，因为我发现之前所提出的问题依旧存在，虽然整体有很大进步，但我觉得这是常人都不应该再犯的错误。而她每次都只能对我表示抱歉，让我觉得有些"不可救药"。

这一次她又给我发了一个红包表示感谢，但我没收，我觉得如果我一直收她的红包给她排版的话，她自己是不可能进步的。长叹了一口气后，我开始对她进行了"批评"。

我问道："你是不是从来没有接触过文章排版？"

她回答道："是。"

我又问她："你是学生吗？还是已经上班了呢？"

她回答道："我是中专学生。"

我疑惑地说道："你是学生，按理说你的领悟能力应该很强，业余时间也多，为什么我说了多次的问题，你却改不了呢？为什么这么简单的问题，你却不愿意多花心思去钻研呢？"

微信的对话框里，一直显示着"对方正在输入"，我以为她会对我进行解释或者是反驳，可是我等了两分钟，还是没有等到她的回答。

见她不回复，我以为是自己语气过重了，让她有点难受。于是我委婉地说："万事开头难，每一件事情的开始都得经历重重困难，如果你自己不用心去做这件事，那你就永远做不成这件事情了，你年纪也不小了，该明白这些道理了。"

大概一分钟后，她发了一条消息过来说："怡安，其实我是一个盲人，写好一篇文章对我来说难度很大，要将一篇文章排版好难度就更大了，因为我不能准确地依靠语音提示将其排版好，所以真的不好意思啊，给你添麻烦了。"

在收到她消息的那一刻，我的心里百感交集，到最后也只发了一句："不好意思，我不知道你是这样的情况，我是无心的。"

我俩都意识到了这个话题的沉重性，正当我准备安慰她时，她给我发来了一条语音，她对我说："怡安，你不用为我感到难过或者愧疚，其实我现在的生活过得挺幸福的，毕竟人得知足才会快乐，如果只是一味盯住自己的不足，那我的生活真的没有什么可期待的。我现在只想专心学习，在空闲时间写点文章，以后毕业了，找一份合适的工作就好了。"

我连连点头，回复道："你说得没错，我们应该往前看，而不是一直原地踏步。"

02

托尔斯泰在《安娜·卡列尼娜》中写过这样一句话："幸福的家庭都是相似的，不幸的家庭各有各的不幸。"

一谈到家庭幸福，人们头脑里都会出现一个基本的模式：经济宽裕、夫妻恩爱、家人健康。而谈到家庭的不幸，却是各有各的难，各家有各家的苦，不再是一个统一的模式。

这位小姑娘，我就叫她乐乐吧，1999 年出生的她刚满 20 岁，她是一位性格温柔、长相甜美的姑娘。她很坦然地给我讲了自己的故事，说实话，至今我还觉得，如果她不是一位盲人，她的未来会很精彩。

乐乐的父母均是健康人士，她属于先天性失明，这辈子重拾光明的希望十分渺茫。她从小就进入盲校读书，中专读的是按摩专业。她说毕业后会从事盲人按摩，毕竟盲人的赚钱方式很受局限。

她在语音里告诉我，从小到大她的世界里没有任何颜色，就连人们常说的黑色她也很难感受到。她一直学习盲文以及盲文打字法，依靠盲人语音软件去了解周围的人或事，试图一点一点地去感受这个世界的美好，去构建这个世界的模样。

她说自己小时候经常问爸爸妈妈："天是什么颜色的？"

她的爸妈便会回答说："天是淡蓝色的。"

她又接着问："那什么是淡蓝色呢？好看吗？"

这时，她的爸爸妈妈便会红了眼眶，忍不住偷偷抹泪，但还是微笑地告诉她好看，却不知如何给她解释淡蓝色是什么样的。

这时她又问道："我什么时候才能看见蓝色的天呢？"

刚开始，爸妈还会安慰她说："等乐乐长大了就能看见了。"乐乐经历了一次又一次的等待与失望后，得到的答案却是："乐乐，可能你永远都看不见光明了，但你别怕，爸妈会陪伴你成长，陪你感受这个世界。"

乐乐和我聊着聊着，已经有些哽咽了，我的眼泪不知道何时已经掉了下来，我紧接着转移了话题，和她聊一些轻松愉快的事情。

和乐乐聊过之后，我的心情很沉重，甚至在夜深人静的时候，只要一想起她的故事，心里就很不是滋味。

03

乐乐是一个很坚强、乐观的女孩，自从懂事后，她就明白自己接下来所要面对的生活会是什么样子的了。她并没有自甘堕落，而是尽最大努力去学习知识和技能，去尝试与朋友们一起沟通、读书与写作。

她的个子不高，身材也比较单薄，所以没有多少力气。可是按摩工作是一个苦力活，每次给客人按摩都得持续一个小时左右，她那双娇嫩的手在一次又一次的练习中，早已磨起了一层厚厚的茧子，手指的关节也粗大了不少。乐乐笑着说这是她以后赖以生存的技能，可不能掉以轻心。

有一次，我俩聊到了各自最喜欢的一本书。她说自己最喜欢的是史铁生的《我与地坛》，因为作者虽然双腿残疾，但却用顽强的意志为社会奉献自我价值。她说自己也要努力追求自己想要的生活，也要奉献自我的价值。

我特别欣赏她对待生活的那股乐观劲儿，只有经历了磨难才会知道，原来一个人能够拥有健康的体魄，能够正常地生活就是最大的幸福了。

我告诉她，我最喜欢的作品是余华的《活着》，福贵经历了一个又一个亲人的离世，最后只剩下一头老牛和他相依为命，看似平淡朴实的文字，却让我了解了生命的脆弱，产生了对生命的敬畏。一个人只有对生命产生敬畏感，才会去珍惜当下的每一天。

紧接着，乐乐突然问我："怡安，你说上天对每个人都是公平的吗？"

我思考了一会儿，回答她说："我觉得上天或许对我们并不公平，因为有些东西我们无法改变。但生活对我们是公平的，因为你对生活怎么样，生活就会对你怎么样。"

很多时候，我们一旦遇到挫折与困难，总会去抱怨上天对自己不公、命运对自己不公，却没有想过命运只能在有限的程度上决定你未来的生活模式，并不能影响你生活的质量。如果你一味去纠结、抱怨甚至放大自己的苦难，每天的生活就会变得乏味。

毕竟发生的事情很难再改变，不如放下对自我的折磨，一步一步往前走。唯有将心态摆正，不抱怨命运的不公，坦然接受它的馈赠，用积极乐观的态度去面对挫折，才会越过越好。

这时，乐乐发过来这样一段话："怡安，谢谢你和我聊了这么久，虽然我看不见这个世界的光亮，但我的心中燃起了一支火把，它不仅给了我光亮，还指引着我前行。虽然命运带给了我不公，但你说得对，生活不会再次给我不公，我得更加努力，努力过上平凡人的生活。"说完，她再次发了一个微笑的表情过来，这一次我丝毫不觉得这个表情讨人厌，仿佛隔着屏幕看到她在对我微笑一般。

再次和乐乐聊天时，已经是除夕晚上，那天我收到了她发给我的新年祝福，我也回了祝福。紧接着，她激动地和我分享自己过稿的好消息，还说自己一定会坚持写作，希望自己以后除了能当一名盲人按摩师外，还能当个自由撰稿人。

她还羞涩地给我分享了一个小秘密，她说自己谈恋爱了，男朋友也是个盲人，比自己大两岁，毕业后已经在按摩店上班了。两人在黑暗的世界里，小心翼翼地用自己的方式，把所有的爱和关心都给了对方。

乐乐在屏幕那头欣喜地分享着，我在屏幕的这边感动着、鼓励着。在那一刻，我仿佛看到了一束光明，缓缓地照进了她的眼眸。

我们总是去羡慕别人的生活，总是去羡慕别人身上的优点而放大自己的缺点，总是去羡慕别人的家庭、工作、爱人以及其他种种，却忽略了自己拥有的幸福。

其实我们这些普普通通的人，也过着有些人羡慕至极的生活，而这之间的距离，或许他们一辈子都跨越不了。我们每一个人，都能成为自己生命中的主角，不羡慕别人的生活，努力过好自己的生活；不管如何平凡，只要奋力奔跑，不服输、不气馁，我们终会迎来希望的曙光。

不畏孤独，不惧独处

01

你有没有过这样一种感觉，自己表面看上去很活泼很开朗，但在人群背后，时常会觉得自己落寞无助？自己明明很期待热闹，但和朋友在一起时，又喜欢一个人找个角落静静观望？你有没有感觉自己很孤独，内心总是找不到人倾诉？

经常有人留言问我：如何去解决孤独这件事情？

我通常会回答："为什么一定要解决孤独呢？别把孤独想得太坏，习惯孤独其实也是一件有趣的事情。"

说实话，以前我也认为孤独是一件特别丢脸的事情，害怕独自一人出现在热闹的人群里，这样会让自己显得格格不入。那时候的我特别讨厌孤独，每天都在变着法子让自己融入各个圈子里，就是不想自己像个异类。

但事实证明，我花费了很多宝贵的时间刻意去处理人际关系，却忘了其实在我们这个年纪孤独是常态。

毕业后，我到另一座陌生的城市工作，开始一个人孤独地成长。离开重庆，我一个人到了遵义，在新的城市开始了每天，和时间赛跑的生活。

不得不说，人越长大，就会越来越孤独。当你是襁褓中的婴儿时，全家人都会围在你左右；当你是白发苍苍的老人时，很多时候都是孤独陪伴在你的左右。我并不觉得自己过早地选择了孤独，反而觉得趁早适应孤独会更好。

02

我每天早上七点左右起床，洗漱后，开始为自己做一份早餐，花十五分钟吃完早餐，十分钟收拾厨房，然后快步走去单位上班。

好在上班的地方离住所近，步行十五分钟即可到达，每天，我在八点二十左右离开家，提前二十五分钟到单位，收收心，做做预备工作，时间一到就开始工作。

中午下班后，有时候是和同事一起吃饭，大多时候是一个人到食堂或者外面的饭馆吃饭，吃完之后，回办公室休息一会儿，开始写文章或者回复大家给我发的消息，再花二十分钟睡会儿午觉，确保下午有良好的状态继续工作。

单位的同事对我挺好，我虽然安静，但不孤僻，我能处理好自己的人际关系，不会和别人走得很近，但也不会被人冷落。孤独不是因为受到了冷落和遗弃，而是因为没有知己，难以被别人理解。

我仿佛是在刻意接受孤独，不知从什么时候开始，我越来越相信孤独有一种野蛮的力量，它会拉着自己成长。

03

下午五点半，开始打卡离开单位，我通常会选择走另一条路，到菜市场去买点菜回家做饭，偶尔也会在外面吃小火锅，虽然全是蔬菜，但还是会吃得很满足。

晚上七点左右把所有家务收拾完，开始修改文章或者排版。很多时候，改文章比写文章还要难，反反复复地看上好几遍，大到内容上下的承接关系是否恰当，小到一个标点符号的使用是否正确，一个问题也不肯放过，直到改到满意为止。

晚上十点，我一个人坐在电脑桌旁敲打键盘，窗外的汽车声音明显比之前要小了许多，我的心变得更静了。我越来越享受这样安静的晚上，没有人在我耳边谈未来、工资和城市生活的压力，我能够主宰我现在所拥有的一切，我想安静就安静，我想热闹就热闹。晚上十一点，我会准时上床休息。

周末，我会花一天时间出去逛街买需要的物品，或者一个人去逛公园赏花，顺便在公园租一辆单车边看风景边运动，之后回家继续写稿，处理工作或私人事情。

一个人忙，一个人烦恼，一个人体会，一个人享受，一个人开心。这样的生活，在二十出头的年纪里倒也没什么可怕的，可怕的是想脱离孤独，却找不到志同道合的人。

04

大多时候，我很懒，懒得去维护各种人际关系，但我对每一位朋友都很真诚。我不是不喜欢和朋友相聚，我只觉得当自己一个人独处时，我的精神和肉身才会觉得异常自在。

但这并不意味着我讨厌所有人多的地方，只是比起狂欢作乐，我更喜欢那种孤独的自由。

在单位的时候，我努力适应工作，卯足劲去完成领导布置的任务，那本身就很累了。一个人的时候，反而更加舒适和惬意。

刘瑜曾说："适应孤独，就像适应一种残疾。"谁都不想变成身体有缺陷的人，很多人似乎觉得那是一种难以承受的事情，可是当它真正发生在自己身上时，你不得不去接受，去和那个小缺陷握手言和，带着它去体验更有挑战性的生活。

陆小寒曾说："懂得越多，就越像这世界的孤儿，走得越远，就越明白世界本是孤儿院。"以前读她的作品，觉得这句话太深奥，如今却觉得，这句话讲得再正确不过了。

一个人最难能可贵的是真实地面对自己，去适应和享受孤独。

脱离了热闹与喧闹，有时候你并不觉得那是一种束缚。既不讨厌孤独，但又不过分追求孤独，接受自己所面对的一切处境，不管是好还是坏，那都是我们的生活，不能因为一些琐事而让生活变得索然无趣，那太不值得。其实一个人，也有一个人的乐趣。

人生就好像一个人的长跑，虽然在路上总会遇到一些和自己结伴而行的人，但是，没有谁能替我们抵达终点，在这场长跑中，我们更需要独行。

不要畏惧孤独，也不要害怕独处。孤独有一种野蛮的力量让自己去成长。请记住，年轻时的孤独，并不可怕。

生活并不是非黑即白

01

就在前晚九点，王开心发了一条朋友圈。大概意思是自己很苦恼也很烦躁，想把考公务员的所有资料都撕掉，更想大醉一场。

不瞒大家说，在身边的朋友们看来，王开心如果不开心，是一件很反常，也很可怕的事情，因为她一直以来都是最充满斗志与正能量的人。

我和她是一起长大的好朋友，记得小时候我们总是一起调侃："你今天开心吗？我今天开心啊，因为我的名字叫王开心！"

开心从小脾气就好，从不因为这些玩笑生气，反而一脸自豪地对我们说："我爸妈希望我一直能够开开心心的，所以我才叫开心，我会一直都很开心的。"

一直以来，她都是我们身边的开心果，有她在的地方就少不了欢笑。而她似乎总是在扮演着让别人高兴的小丑，故意让自己滑稽，好引得大家哈哈大笑，身边的人得到了极大的满足，可自己心里却空荡荡的。

她遵循着父母的意愿，考理想的中学，考理想的大学，毕业后再找一份理想的工作，谈一个理想的男朋友成家生子，在父母的期待中前行，似乎她的一生都是理想和开心的。

可王开心说，其实她并没有感受到真正的快乐，从小为了让父母满意，她乖巧听话，努力学习，就是为了考上他们理想中的学校，获得他们的肯定与赞赏。

她以某211大学中文系毕业，毕业后在另一座城市的杂志社工作，可父母更希望她能回到家乡考公务员，这样离家近可以和父母相互照应。

开心觉得自己已经真正长大了，可以为自己的人生负责了，没想到父母还是想掌管她的选择和生活。她突然发现，原来一直都没能做自己。

她说："怡安，我想任性一下，我想过一下不正确的生活，我想逃避，可是逃避之后我能够开心吗？"

说实话，我不知道她逃避之后会不会开心，毕竟这时代能够跟随自己的意愿做喜欢的事的人，真的少之又少。我们总是会被各种各样的事情给牵绊住，手脚被束缚住，时间一长，我们离自己想要的生活就越来越远了。但我知道，如果她一直这样下去，只会更加焦虑与烦恼。

02

那天和公司的姐姐聊天，她突然问我们日后会期待自己的小孩成为一个什么样的人。

一位姐姐说："我希望我的孩子漂亮、聪明、善良、优秀，我这辈子太平凡了，所以我希望自己的孩子能够优秀。"

另一位姐姐也说："我想我的孩子将来有成就，有出息，最好在某一个行业能够闪闪发光。"

还有一位姐姐说："我只希望孩子能够平安、快乐，不要从小就生活在期待与压力之中。"

我在一旁默默听着没发言，毕竟这件事情离我还挺遥远的，我暂时没有想那么多，但内心却产生了很多感触。千篇一律的理想与愿望，已经成了父母对孩子一致的期待。

其实从出生的那一刻起，我们就被父母期待着；步入学校或者社会，我们又被老师和老板期待着。

1 岁时希望你开口说话，学会走路；

7 岁上小学后希望你聪明、听话，要努力拿第一名；

12 岁后希望你好好学习，努力考进重点中学；

18 岁高考希望你考上好学校；

22 岁大学毕业后，希望你争取找一份好工作，为公司创造价值；

22 岁前不希望你谈恋爱，22 岁后又希望你赶紧谈恋爱；

24 岁希望你早日找一个好人家结婚生子，并开始催促你相亲；

28 岁你成了大龄单身人士，父母各种催婚，希望你能赶紧完成人一生的大任务，而公司老板希望你不要因为家庭耽误了工作。

……

正因为有了这样的期待，父母一直希望你能够按照他们的意愿成长，甚至将你与同龄的优秀者对比，别人家的孩子考试拿到了第一名，你也不能差；别人考了好大学，你也不能差；别人找了一份好工作，你也不能差……

从小就这样被人期待着长大，那种感觉真的好累，它会一直压得你喘不过气来，就连内心片刻的柔软都化为焦虑与抗拒。

说实话，我并不想被任何人期待，不管是好的还是坏的，我不想刻意过成别人喜欢的样子。当做着自己喜欢的事，没有强迫感也没有抗拒感时，你会发现事情会顺利很多。

03

曾在网上看到一名抑郁症患者的倾诉，她说自己讨厌一切正能量的东西。

长辈以及身边的朋友们总是风轻云淡地劝她：

"你别想多了，自己需要开心点。"

"你要振作点。"

"你一定要努力克服抑郁，你有大好的人生，有爱你的父母，有关心你的朋友和老师，你不要让他们失望。"

每次听到这些劝告，她都会无比痛苦，因为他们会一遍又一遍重复"你应该怎么做，你不应该怎么做"的话语，让你知道什么才是正确的，什么是不正确的，甚至会一次又一次干涉你的想法和行为。

每次心理医生也会给她很多很多的建议，但她对医生说得最多的一句话就是："其实道理我都懂，可我做不到。"

是啊，对那些不了解抑郁症的人来讲，自己开心点、快乐点就能解决问题，可他们不懂，也不会明白这种害怕与自我挣扎的感觉。

那种被强加在你身上的枷锁，时时刻刻提醒你必须做正确的事情，如果一旦做错，你就会自我谴责，最后被拖进恐惧的深渊。

其实我们这一生，只要不做伤害别人和自己的事，怎样都行，只要方向是正确的，做自己又有何不可？

04

有人说："不要天真地以为年轻人的危机来自没钱、不自信和社会的压迫。真正的青年危机是你从来没有喜欢过自己，也从来没有真正了解过自己。"

就像一位两次考研失败的朋友，她总觉得是自己脑子太笨，总觉得自己一点儿也不优秀，可她却从来没有问过自己的内心："真心想考研吗？"

有时候太和自己计较，反而会输得很惨。

或许在很多父母眼里，无比正确、按部就班的生活才是合理的，这并不是他们的错，不要过于苛责他们，也不要让自己轻易妥协。

　　不必过"无比正确"的生活，也不必去刻意寻找正确的方向，了解自己，探寻自我价值，寻找生活的趣味，远比活在别人的期待之中要快乐得多。

2

Part

可能理想很丰满，
但是现实很残酷

这世上没有稳定的工作，只有持续的努力

01

一位朋友对我说，现在正处于新媒体的风口期，很多 20 岁左右的年轻人都在里面赚了不少钱。但风口总有过去的那一天，你如今辞职，难道就不担心以后的路该怎么走吗？

我是师范专业毕业的，在很多人看来，我应该去当老师，那样会稳定很多。有时候，我也会情不自禁地羡慕那些拥有一份稳定工作的朋友，只需要兢兢业业地将自己的工作做好，其他的时间便可做自己想做的事情。

后来我突然意识到一个问题，现在哪里还有什么稳定的工作呢？每一份工作都得花上十分心思才能做好。

正因为自己拥有一份不稳定的工作，所以我拥有强烈的危机感，我坚持学习，努力提高自己的能力，尝试给自己创造不同的机会。

以我自己为例，辞职前，我每月拿着 5000 元的工资就已经觉得很满足了，只要我每天按照领导的要求将自己的工作做好，

就可以做其他闲事。

但自从辞职后，我每天都在思考：到底该从哪几个方面来增加自己的收入？哪些方面的能力不足，还得继续去学习？可以创造哪些机会和别人合作，打造个人品牌？

我有一位作者朋友，她的爸妈都是镇上的中学老师，他们觉得教师这份工作不仅稳定，而且还有基础保障，时间久了每月的工资并不比其他普通工作低。所以从她出生开始，爸妈就一直希望她能够读师范专业，然后回到家乡当老师。

为此，朋友的父母对她做了很多思想工作，甚至在她选择去北京工作的时候发生过激烈的争吵。当时她哭着问妈妈："你们为什么总是喜欢把自己的意愿强加给我？为什么总是希望我当老师？"

她妈妈斩钉截铁地回答："因为老师这一行稳定。"

她突然更加委屈了，随即又十分镇静地对她妈说："就是因为你们贪图稳定的职业和生活，所以没有给我提供富裕的生活，也没有帮我积累什么人脉资源，现在这一切我都得靠自己，只有我知道这个过程有多困难。求你们别再用你们的贪图稳定的思想来束缚我的生活！"

一时间，朋友的爸妈都沉默了，此后，她的爸妈再也没有强迫她做过任何事情，而是选择尊重她的决定。事实证明，她最初的选择没有错，她已经在旅行博主这条路上越走越远，越走越顺。

稳定、有保障的工作未必不好，因为它在很大程度上降低了风险性，能够减少你的压力。但也未必都好，因为它很有可能会让你在舒适的环境中越陷越深。

02

我们曾经都想拥有"铁饭碗"，于是纷纷去考公务员，进事业单位，入国企。

但是，随着时代的变化，这个社会已经没有了完全稳定的工作，公务员每年参考的人数越来越多，需求却是千里挑一，就连很多国企单位都大规模裁员，所谓稳定的工作已经离我们越来越远。

互联网的发展，使我们进入不确定性时代，要想拥有一份稳定的工作，最重要的还是要让自己拥有一项具有核心竞争力的技能。

我的一位表弟，高中辍学后，一直无所事事，有时候在网上给别人做游戏代练，每月有几千元的收入。我们都劝他去学习一门技能，一直这样下去不是办法，但他却觉得就算是学习了新的技能，每月也就几千元工资，还不如自己在家做代练。

一晃，他都混了好几年时间，代练的生存空间越来越小，收入也越来越少，到现在他还没有掌握一项技能。在这期间，他既浪费了自己的时间，又错过了提升自己的机会。

还有一位学编程的朋友，毕业以来找工作屡屡受挫，已经在家待业了大半年。后来，他终于进了一家比较心仪的公司，每月拿着 4000 元左右的薪资，负责给公司开发小程序，但由于经验有限，能力不够，导致公司小程序上线的时间延后，于是公司主动叫他打了辞职报告。

为什么他会在短短两个月就被公司辞退？原因就是他的专业能力不足，不具备核心竞争力，以至于自己随时可能被别人代替，由此可见拥有核心竞争力有多么重要。

在压力甚大的环境下，如果一个人没有一项拿得出手的技能，很容易被同龄人拉开差距，甚至会被社会淘汰。

03

高中的时候，有一次打车遇上一位有趣的出租车司机，当时他苦口婆心地劝我要好好学习，争取上一所好大学，还劝我平日要注重培养一门爱好或者是技能，这样毕业后才能在社会上发展更加顺利一些。

当时我记得他说了这样一句话："年轻人拥有爱好或者技能尤其重要，不然，毕业的时候工作都不好找，就算找到了工作，没有突出的优势，也很容易被领导忽略。"

这段话对我影响很大，我这么一个极其普通的"95后"女生，正因为拥有写作这项技能，生活才会发生翻天覆地的变化。我身边很多作者朋友，他们在写作之前都是普通的人，是写作赋予我们大家改变的力量。

你掌握的核心技能，在很大程度上会影响甚至决定你的生活质量。简单地说，你的技能就能决定你的工作是否稳定。

我的初中语文老师，在她接手我们班时，才刚满 26 岁。她的教龄不长，任教经验也不丰富，所以任教班级的语文成绩并不算好，甚至有好几次排在年级的倒数几名。

但她拥有一项核心技能，她不仅写得一手好看的粉笔字，还写得一手好看的钢笔字。后来，语文老师在一次公开课上，因为板书美观，被上级领导调到了政府部门去工作，现在负责我们县的文化宣传工作。

就因为书法这项技能，她从众多教师中脱颖而出，受到上级领导重视，升了职涨了薪水，后来还成了县城领导班子成员之一。她的事例也告诉我们这样一个道理，一个人拥有一项突出的技能是至关重要的。

人这一生，总得拥有一项爱好或者技能，它们会为你的人生增添一丝色彩，会为你的职业以及人际关系加分，甚至还会在你艰难的时候给你创造机遇。

这世间根本就没有稳定的工作，因为时代在发展，社会的需求随时在变化，只有持续不断地努力，争取让自己拥有一门核心技能才能保证不掉队。如果能将一项技能打磨到极致，那你就会成为这个行业里的佼佼者。拥有不可替代的竞争力，而这就是你最应该具备的能力。

经常跳槽，日子并不会越过越好

01

前两天，我看到小刘发动态说，自己又辞职了，原因是她和领导的三观不合，她觉得没必要再将就做下去。算起来，这已经是她第三次辞职了。

她大学学的是汉语言文学专业，第一份工作是在一家公司做文案策划。第一次辞职的时候，她向我们抱怨公司的待遇不好，提升空间不大，还动不动就加班，这对于一个刚刚踏入社会的人来说，压力很大。

她的第二份工作是在某教育培训机构专门做招生顾问，可两个月时间不到，她又选择了辞职，原因是自己并不喜欢那份工作，每天都感到很煎熬。

第三份工作，她是经过重重筛选才应聘成功的，公司各方面的待遇都非常好，提升空间也非常大，只要好好努力一定有发展前途。

我们纷纷问小刘感觉怎么样。小刘一脸满意地说："这一次我真的很满意了，我觉得只要自己好好努力是可以做好的。"

听小刘说完这番话，我们终于放下心来，都以为她这一次肯定能在工作上稳定下来了。可还没到三个月，小刘又一次辞职了。刚开始，我们觉得刚步入社会难免需要一些磨合和摸索才能找到自己喜欢的工作，但现在看来，她根本就没有静下心好好对待一份工作。

我问小刘："你为什么在短短一年内跳槽这么多次呢？"

她很无奈地对我说："我也不想频繁辞职跳槽，但我发现自己所做的每一份工作都不是自己特别喜欢的，根本没有兴趣和精力去认真工作。"

我又问她："那你了解自己真正喜欢的职业是什么吗？"

她突然无所谓地回答："不了解，没关系的，我只有多尝试不同的工作，才能找到真正适合自己的职位。"

02

去年 6 月，我们公司紧急招聘一位经验丰富的文字编辑，来参加面试的人不少，但领导对他们都不是很满意。

后面部门主管收到了一份令人眼前一亮的简历，这个 24 岁的求职者已经在好几个大型的平台以及网站工作过一段时间，主管觉得对方很适合这项工作，于是赶紧打电话通知他来面试。

我们部门的人都以为会迎来一位优秀的同事，不过我们的期待落空了，原来这位求职者虽然在各大公司待过，但业务水平和工作能力着实令人不敢恭维。

现在有很多刚毕业的年轻人，都抱着"多尝试不同岗位的职位，就能够找到真正适合自己的工作"的态度，频繁跳槽殊不知，这是一个误区。

就像小刘这样频繁跳槽的人，正是因为她根本不知道自己喜欢干什么，所以用不断跳槽的方式来寻找适合自己的工作。

其实多次不同的尝试，反倒会让你对工作产生无力感，试错的成本太高了，到最后迫于生活的压力只能随便找一份工作来养家糊口。久而久之，就业的焦虑症、烦恼也接踵而至，你会发现生活过得一塌糊涂，越来越不如意了。

03

刘同说过这样一段话："我们在进入职场之前，需要搞清楚的问题不是'这个工作需要什么样的人'，而是'我能去做什么类型的工作'。"

如果一个人没有花时间去思考"我究竟适合做什么"这个问题的话，那么进入职场后，一定会花大量的时间去问自己："我好辛苦，这份工作是不是适合我？"

其实我们每个人在求职之前，都应该考虑清楚这样的问题："我想找哪一方面的工作？""我擅长哪一方面的工作？"

在这儿，我举一个简单的例子。

比如，我在毕业前一年就陆陆续续在各大招聘网站上查看各类和专业相关的职位，考虑的因素主要有以下几点。

1. 我是回家乡工作，还是留在主城工作？

2. 我是从事专业类工作，还是做自己喜欢的事情？

3. 这项工作是否有上升空间，发展前景怎么样？

4. 为了胜任这项工作，我得做出哪些努力？

把上面几点考虑清楚以后，我就做了一份比较明确的职业规划表，然后围绕职业规划表又制订了一些自我提升的计划，所以还算顺利地找到了心仪的工作。

在初期的工作中，我也经历了很多困难与麻烦，但我在解决困难的过程中不断成长。如果一遇到问题就选择辞职，我们得不到锻炼与成长，反倒会消耗时间与精力。

04

说实话，我们大多数人一辈子都不知道到底什么职业才是最适合自己的，不知道自己到底喜欢哪项工作。这么说来，难道大家就不去工作了吗？我们都应该在工作中去主动寻找兴趣。

稻盛和夫曾说："要想拥有一个充实的人生，你只有两种选择：从事自己喜欢的工作，或者让自己喜欢上工作。"

稻盛和夫是日本著名的企业家、作家，他大学毕业后在京都一家濒临破产的企业就职，跟他同期入职的人都满腹牢骚，觉得自己应该去更好的公司。

果不其然，入职还不到一年，同期加入的大学生就相继离职了，只有稻盛和夫留在了这家濒临破产的企业。

稻盛先生想，辞职去找新的工作也未必一定成功。如果只是因为感觉不满就辞职，那么今后的人生也未必会一帆风顺。于是，他决定留下来好好工作，他工作极其投入，从不抱怨。

在努力的过程中，不可思议的事情发生了。他要辞职的念头和"自己的人生将会怎样"之类的迷惑和烦恼，都奇迹般地消失了。他甚至产生了"工作太有意思了"这样的感觉。从那以后，不知不觉中，他的人生步入了良性循环的轨道。

寿司之神小野二郎曾说："一旦你决定好从事什么职业，你就必须全心投入到工作中去，你必须爱自己的工作，千万不要有怨言，你必须穷极一生磨炼技能，这就是成功的秘诀。"

为什么有的人看上去没费多少力气，却能取得你想要的成功？因为他们懂得了做一件事情就要做到极致的道理。

如果你一遇到不满或者困难就想辞职；如果你这山望着那山高，不安安心心好好工作；如果你只在意公司给你多少待遇，没想过给公司创造多少价值；那不管你换多少次工作，都难以让自己满意。

一个不会游泳的人，老换游泳池是解决不了问题的；一个不会做事的人，老换工作是提高不了自己能力的。

无论什么工作，只要全力以赴去做，就能产生很大的成就感和自信心，只有认真工作，才能解决难题，才能走出困境。

人脉是相互吸引来的

01

朋友圈是一个令人又爱又恨的"窥视镜"。

前两天，我看到一位自己很喜欢的作者去参加了一场文学交流活动，和好几位有名的作家都合了影，还获赠了对方亲笔签名的书籍。

看到这里，我真是羡慕极了，真恨不得自己马上也能那么厉害。于是我忐忑不安地给喜欢的一位作者发消息，想和她交个朋友，以便有机会可以认识更多优秀的人。

可转眼一想，自己连本个人作品集都没有，况且她根本就不认识我；对于她而言，我只是她众多读者中的一名。除此之外，我们谈不上有任何关系。

记得两年前，我刚做新媒体的时候也特别焦虑和功利，几乎每天晚上都会失眠，一闭眼满脑子想的都是如何快速改变自己，如何去认识更多优秀的人，如何靠写作实现经济独立。

刚开始我加了很多微信群，试图加上里面比较优秀的写作者交流经验，可尴尬的是，大多数人没有理会我。有时候明明是好意给别人点赞留言，在有的人看来却是我在巴结，这让我觉得有些沮丧。

一次又一次的徒劳无果，让我泄气不已。为什么别人没有把我放在眼里？我只是想积累自己的人脉，我有错吗？现在看来，那是大错特错。

02

有统计资料表明：在一个人获得成功的因素中，85% 是由人际关系决定的，而知识、技术、经验等因素只占 15%。

所以，人脉在现代社会对于每个人的发展都起着越来越重要的作用，很多人都把拓展人脉当成一件重要的事情来做。

"为什么我对她们那么好，她们到头来连理都不想理我？"毕业半年的瑞思伤心地对我说了这么一句话。

我问："你为什么要对她们好呢？"

她回答："因为我能从她们那里得到我想要的好处，我是在拓展我的人脉。"

我又问："那她们为什么一定要帮你呢？"

瑞思突然哑口无言，不知道该如何回复我。

上班后的瑞思一直想拓展自己人际关系网，积累人脉资源。她来到一家新公司，第一件事情就是拉近自己与同事、上司之间的关系，平日上班期间，想的也是怎样获得领导的关注与重视。

她花尽各种小心思去处理与同事之间的关系，去讨好领导，平日里和大家打成一片。她想尽办法搭上各类关系，交上各类朋友。用她自己的话来说，她最擅长的就是快速和别人成为朋友。

后来，她在网络平台与某个男生产生了感情，在甜言蜜语的攻势下，她将自己的积蓄全都转给了对方，没想到却被对方拉入了黑名单。

瑞思的积蓄被骗光了，她不敢打电话向家里求助，于是找同事借钱。没想到却碰了一鼻子灰，一夜之间还成了同事们茶余饭后的笑柄，这下瑞思彻底心凉了。

微信好友好几百人，真正说过十句话的几乎没有几个，现实就像一个闪亮的巴掌，打得她的脸生疼。披着"人脉达人"的外衣，瑞思在迷雾中分不清正确的方向，她没有更好地前行，反而忘记了努力。

她本以为每一位微信好友都真正成了自己的人脉，没想到这些人脉关系基本是搭建在高空中，随时会坍塌。

花尽心思去积累人脉，没想到到头来却是竹篮打水一场空，总是想着以后可能会需要别人帮忙，却没有想过努力提升自己的能力，才是人与人交往最直接、有效的方式。

03

有人说，人脉取决于你的"可利用价值"，也就是说如果你无法被人利用，就说明你不具有价值；如果你越能为对方提供实质性的帮助，那么你就越容易建立坚固的人脉关系。

就像我的一位学长，他学的是汉语言文学专业，毕业后却偶然进了一家杂志社当新闻记者。当别人都在主动表现自己、搭讪领导时，他都在埋头写采访稿、收集线索。

后来，他采访的一个新闻报道在省里获得了二等奖，公司领导对他进行了表扬，同事们纷纷投来了羡慕和欣赏的目光。从此，领导也对他重视了起来。

因为他工作踏实、努力，领导开始带他去参加一些活动，去负责一些重大新闻的采访。几年后，他已经在圈内成了一个很有口碑的人，与此同时也认识了更多优秀的人，互相合作之后更是与他们成了朋友。

《请停止无效社交》一书中说，一个人的能力是1，人脉是0，没有前面的1，后面无论有多少个0都毫无意义，有了前面的1，后面的0可以让1的威力成倍增长。

如果你没有过硬的实力，就算是搭上了不错的人脉，也会随时变成一个无用的代号。

04

知乎上有一个关于人脉的高赞回答："你现在是个什么层次的人，那么你自然就会拥有什么层次的人脉。"

因为人脉积累的根本原则是"等价交换"。

专心打造自己，把自己打造成一个优秀的人，一个有用的人，一个独立的人，就等于是在积累人脉。

我的一位大学老师，经常和学校的领导以及市里的领导一起出席活动，就因为她的诗歌写得极好，多次获得各类奖项，所以受到了很多领导和前辈的重视。

很多人觉得她背后一定有关系，不然她不可能结识那么多优秀的人，毕竟她的年纪不大，不可能几年时间就积累起如此丰富的人脉资源。

在毕业前，她却对我们说了这样一段话："经常有人好奇我为何年纪轻轻就走到了今天这一步，我只想告诉大家，名利或者人际关系，当你的能力累积到一定地步的时候，自然而来就来了。"

如果你是一个优秀、有价值的人，那么就会有很多优秀、有价值的人和你交往。

就好比，你是某一领域的佼佼者，那么你的朋友大多是各个领域的佼佼者；如果你是某一领域的新手，那么你的朋友大多也是新手水平。你想去结识那些佼佼者的唯一途径，就是将自己的技能打磨好，争取让自己也成为佼佼者。

所以，好好提升自己的能力与价值，比主动积累人脉要靠谱得多。因为人脉并不是看你和多少人打过交道，而是看有多少人愿意主动和你打交道。

年轻人，别待在舒适区里

01

"现在刚毕业的年轻人啊，真的太累了！"上任公司领导看着我们这些实习生正在笨拙地查资料、做任务时，不知为何突然说了这一样一句话。

两个月试用期结束后，当时进公司的十二名实习生，只有三名转为正式员工，我幸运地成了其中一员。

当大家得知这样的结果时，有几个胆大的实习生当场和主管理论，主管只问了实习生们一个问题："公司交给你们的任务，你们真的都尽全力做好了吗？"这一问问得大家哑口无言。

有一次，一位实习生把最简单的数据给弄错了，领导散会后本想把实习生叫去办公室谈谈话，才刚说几句话，实习生就暴露了她骄纵的脾气，摔门离开了公司。

领导说看着很多实习生明明不会，却还不学着虚心接受指导，总以为自己还是在家的公子哥或者公主，公司可不会养一个这样的人。

对于这样的人，公司是绝不会留用的。因为公司不是学校，更不是慈善机构，不会好心花费时间来教大家该如何成长，如果员工们一直愿意停留在原地贪图享乐，而不是向前探索，那十年后，他们是依然原地踏步，不会取得进步。

而留下来的三名实习生，虽然不是所有实习生中最聪明的，但却是最努力、最认真的。

360创始人周鸿祎在《给那些仍旧在公司混日子的人》一文中写道："你一年年薪10万，中低层收入，你在单位混十年也就混老板100万，对很多公司来说，有人混我100万对公司伤害不到哪儿去，可是你十年不好好工作，荒废了十年，十年后，可能突然有一天，公司倒闭了，或者发现你这个混混儿把你开掉了，你怎么办呢？你觉得你有竞争力吗？"

如果你是在混日子，到头来生活来混你，最后的输家还是你自己。

02

朋友琳琳大学学的是会计专业，上大学的时候，她积极参加了各种活动，还拿了两次奖学金，目的就是希望能够有朝一日，自己存够钱后就去全国各地旅游，再遇上一位优秀心仪的男孩，和他一起为两人未来的生活努力。

但作为独生女儿的她，毕业后在家人的强烈要求下，回到了家乡县城，在一家家电公司当会计。刚开始，琳琳抱着"工资虽然低，但我依旧可以好好努力赚钱"的想法，来完成她的梦想。

当时我们纷纷觉得琳琳是一个特别上进的女孩，说不定以后她能活成我们想要的样子。但事实始终是残酷的，琳琳每月拿着 3000 元的工资，她每天只需把自己的工作完成好，空闲时间都用来睡觉、娱乐和逛街了，压根儿就没有想起之前的愿望和计划，就算想起了，也当成是过往的云烟了。

年轻时贪图安逸的生活，逐渐就容易丧失斗志。

琳琳越来越享受这种安逸舒适的生活，就连最开始的一些目标也早已抛在了脑后，而她身边也聚集了更多同类人，大家在一起聊八卦，聊七大姑八大姨的琐事，在一阵又一阵的笑声中去寻找满足感。

心理学上有一个词叫"花盆效应"，指的是人如果在舒适的"花盆"中待久了，就会不思进取、安于现状。

我们劝琳琳去考取中级的会计注册证，可她却以"我肯定不行""我做不到""太难了，我考不过"等借口来逃避。

她宁愿将所有的空闲时间用在玩手机和人际交往上，却不愿意每天花一两个小时的时间用来学习；她宁愿一边抱怨自己这没有那没有，却不愿意付出行动去努力争取。她根本就不想改变自己，因为她舍不得离开自己的舒适区。

就在前几日，我听说琳琳被公司辞退了，原因是她在工作上不够努力，缺少上进的思想，她一直在吃自己的老本，其他人在用最先进、高效率的方式办公，而她却还没有学会。近几年社会的整体压力大，她没能给公司带来多少利益，自然成了裁员名单中的一位。

不管是大城市，还是小城市，根本没有一份完全稳定的工作，如果你不能持续为你的公司带去利益，如果你不积极进取，而是得过且过，迟早会被公司淘汰，甚至会被这个社会淘汰。

你得一直学习，一直往前走，才会有自己的一席之地。

其实像琳琳这样的人并不少，现在大学生中这样的人一抓一大把，典型的贪图享乐主义，忘记了奋斗和拼搏。舒适区待久了，我们会忘掉外面世界的挑战与风险。你突然想努力起来，就会觉得处处碰壁，从而产生满满的焦虑，甚至产生一些极端的思想，总觉得别人运气好，一帆风顺；总觉得自己运气不好，每一步都难走，却没有想过，在你贪图享乐的那些日子里，别人都在为今日的生活努力奋斗。

03

安迪·莫林斯基在《进化》这本书里写道："舒适区是我们安逸舒服的地带，走出舒适区是实现目标的关键，同时，又非常具有挑战性。"

很多时候，我们害怕走出舒适区，所以一直选择逃避，你从未真正面对过这种恐惧，因为你在每一次逃避的时候，恐惧都一直在增加。其实，只要你开始尝试突破，你肯定提升自我。

在此，我提出以下几个小建议：

第一，尝试克服恐惧感，勇敢地面对挑战。

很多人之所以不想走出舒适区，无非是担心自己做不到或者做不好，所以一直在逃避和拖延。走出舒适区的第一步，要彻底放下你对某件事情的恐惧感，勇敢地面对挑战。其实当你真正尝试做这件事后，你会发现它并没有想象的那么可怕。

第二，制定个人目标，拒绝懒惰和拖延。

目标包括长远目标和短期目标。不管是做什么，你都得清楚这件事情的意义何在，就像是你从头开始学习日语，是想让自己多掌握一门外语，多一门技能，把目标定好，然后一步一步付诸实践。拒绝懒惰和拖延，理想的实现不是等出来的，而是打拼出来的。

第三，学会积累成就感，鼓励自己继续前进。

在努力的过程中，成就感是一件非常重要的事情，它会一点一点地增加你的自信心，让你产生更多的动力。生活可以多一点仪式感，每一次的进步或者收获，你都可以记录下来，或者给自己一些小奖励，甚至可以与公众分享，让大家一起见证你的收获，以此来鼓励自己继续前行。

第四，别给自己留后路，挖掘自己的潜力。

很多时候，我们之所以容易放弃一件事情，其实是因为给自己留了太多退路，总想着自己这条路走不通，可以立马换一条路走。与其浪费时间走一些无用的路，倒不如只给自己留一条路，放手一搏。

舒适区待久了，会越来越堕落，走出舒适区，需要尝试更多的可能性。

　　当然，我鼓励大家跳出舒适区，并不是说鼓励你辞职，换工作，不断折腾。我想说的是希望你能够把一件事情做好，能够让自己的生活朝着越来越好的方向发展，能够让自己的状态越来越好，这样就是跳出了舒适区。

人生的选择没有对错，只有值不值得

01

在我面临毕业的那段时间，身边好多朋友在纠结要不要考研，当人生走到十字路口时，总会格外纠结和彷徨。

一位朋友打电话来咨询我，她到底该不该去考研。

我问："那你自己想去考吗？"

她说自己一直都想去考研，但是爸妈不支持。她接着又说了一句："我害怕年纪越大，就越焦虑，所以我不敢轻易尝试，却又不想放弃，真不知该如何选择。"

其实在很久以前我就听她讲，她想考研，想留在大城市里工作，去她向往已久的公司上班，可她爸妈却认为她是在做梦。

我综合考虑了下，还是劝她去考，只要是在为理想而努力，就不要纠结自己的选择是对还是错，因为人生没有对错，若它值得你为之付出，那就奋力去拼搏。

她思考了几秒，只肯定地回答了一个字："好。"

坚定考研的决心后，她每天早上六点钟就起床去自习室占位置，每天晚上十一点左右才会回宿舍洗漱休息，中途除了吃饭、上厕所外，基本都在学习。虽然考研的过程很辛苦，但她却坚持到了最后。终于，她成功考上了本校的研究生。

在她查到结果那天，我打电话和她聊了很久。我问了她这样一个问题："你当初顶着那么大的压力考研，如果没有考上，你会觉得这是一个错误的决定吗？"

她先是很轻松地笑了两声，然后用调侃的语气对我说："不会，其实我也没有想过会不会考上，我真的想试试自己去选择方向的感觉，就算是失败，我也不会后悔，因为这本就是我自己的人生，只要值得，我就会去做。"

她的这个回答，让我想起了一个创业失败的朋友的故事。

这位朋友创业失败后，有的人便问他，如果回到当初，还会坚持这个错误的选择吗？

他说人生其实本就没有什么对与错的问题，因为存在即合理，很多人们心中那些对的或错的的选择，只要不触犯法规，就值得去尝试。

02

堂姐就读于一所 985 高校，她爸妈一直希望她毕业后在家乡当个老师，找个好人家，然后安安稳稳地过一生。毕业后，她听取了爸妈的建议，除了当老师，其他工作都没考虑过。

随后她顺利通过教师招聘考试，在县城一所高中担任英语老师，每天兢兢业业地教学，认认真真地生活，但她总觉得日子少了些乐趣和挑战。本来多自由的人啊，却被当下的生活所牵绊，被迫做着琐碎而又无趣的事情，那些心底的念想，早已蒙上了灰尘。

半年后，她准备辞掉工作，当一名自由职业者，并尝试创立自己的品牌。她从小就喜欢一些手工艺品，自己的书房里大多是自己做出来的手工艺品。

她觉得每当自己做手工艺品的时候，整个世界都是安静的，自己心若止水，非常享受那段时光。

当她提出辞职的想法时，她的父母特别反对，周围的大多数人不赞同她的选择，但最终没有拗过堂姐。堂姐赢了，但身边很多亲人都觉得她不懂事，她父母也特别伤心。

随后，堂姐在网上开了自己的精品小店，还在各大平台拍视频做宣传，在她的努力经营下，小店慢慢开始走上坡路了。

以前堂姐连朋友圈都很少发，现在除了发一点自己做的手工艺品外，她会发很多关于对于生活的感想。那样一个明媚、温婉、迷人的女子，如今被生活装扮得更美了。

一切渴望的自由，一切美满的结局，都要付出代价，而这代价后面，是自己对未来的执着，是对当初选择的坚定。

03

我在大学的时候读过《月亮与六便士》这本书，当时很不理解书中的主人公斯特里克兰德的做法。他原是英国证券交易所的经纪人，拥有稳定的收入和美满的家庭，享受着"井然有序的生活"，但他却在40岁的某一天不辞而别，蜗居巴黎从头开始学习绘画。

几乎所有人都在质疑甚至批判他的选择，认为那是一个错误的抉择，与其一无所有地去闯荡，还不如安安稳稳过日子。

毛姆在书中说了这样一句话，让我印象深刻："满地都是六便士，他却抬头看见了月亮。"

在异国，斯特里克兰德生活穷困潦倒，常常忍受着饥饿和病痛的煎熬，不仅不被大家理解，还被人骂成是疯子，肉体与精神都饱受折磨。

在巴黎度过离奇又艰难的七年后，他最终离开文明世界，去了与世隔绝的西堤岛上，找到灵魂的宁静和家园的归属感。

毛姆在《月亮与六便士》里说道：做自己最想做的事，过自己想过的生活，心平气和，怎么能叫作贱自己？与此相反，做一个有名的外科医生，一年赚一万英镑，娶一位漂亮的妻子，这就算成功吗？我想，这取决于你如何看待生活，取决于你怎样对待人生。

那些看似错误的选择，却让人生变得有更多的可能性，我们总要学会放弃一些东西，才能得到另外一些东西，好在，世界是公平的，付出终有回报。

04

之前在杂志上看到这样一则寓言故事：

　　当毛毛虫被围困在自己编织的一层又一层的厚蛹里时，不断地挣扎，不断地蜕变，奋力撕破厚厚的帷帐，最终才能够化茧成蝶，得到向往的美丽。

　　可是它飞上天空不到三分钟，就被人恶意捕捉，它的美丽终止在外界不可预料的厄运中。

　　一旁的小鸟看它可怜地关在笼子里，同情地问："为什么你明知道自己的生命短暂，却还要花那么多时间挣扎呢？"

　　蝴蝶回答："正因为我知道自己的一生很短，所以我更得去拼命挣扎，让自己能够破茧成蝶后在美丽的世间飞上一回，才不枉我拥有过生命。"

　　人这一生总会遇到很多选择，有的选择或许别人难以理解，但只要你为之努力，你终会赢来希望的曙光。

　　有的人明明知道选择的方向会面临重重困难，但愿意去勇敢尝试和拼搏，在这个过程中，他们学会了成长，收获了满足，那就是值得的。

　　我很喜欢一句话："尊重自己的选择，只要你尽力让它发光就好。"

读书虽苦，但总好过苦一辈子

01

最近有这样一组数据，在网络上引起了热议。2018 年中国高校毕业生薪酬排行榜通过对多届毕业生进行调研，计算出了各高校毕业生的薪酬状况。

数据得出，清华、北大毕业生的平均月薪逼近万元，而普通院校毕业生的薪酬保持在三四千元左右，名校毕业生的工资是普通本科生的三倍。

我的一位堂姐就读于某 985 高校，还未毕业，她就已经收到了企业的 offer，不仅刚出社会就能拿着接近万元的月薪，同时还免去了很多找工作的麻烦。

堂姐说自己虽然不是班上最聪明的那个人，但是，她一定要成为最努力的人，也正是她的这一份努力和坚持，才成就了现在优秀的她。

在学习上，她一直有偏科的烦恼，初中的时候，数学和物理经常考不及格，眼看着自己的成绩排名一次又一次下降，她便每天早上五点钟准时起床，去宿舍旁边楼梯的转角处，打着手电筒做数学和物理题。在一次又一次的努力下，她在中考中取得了不错的成绩，顺利考入当地的重点高中。

高中的学习生活很辛苦，起早贪黑成了堂姐的日常，就连周末放假她也时常在教室做题、背书。身边的同学经常劝她别那么拼命学习，该学的时候学，该玩的时候就得去玩。

堂姐虽然明白这个道理，但她更清楚，一向不聪慧的自己唯有用最笨的方法才能慢慢靠近梦想。无数个笔记本和错题本，无数支用完颜色的签字笔，无数个装满试卷的文件袋填满了她的高中生活。在经过坚持不懈的努力后，她成功考上了理想的大学。

当初她吃过的苦、熬过的夜、流过的泪，现在都给了她最好的回报。

02

我经常收到很多中学生的倾诉，内容无非就是"学习太累""不想上学，只想赚钱""无心学习，只想谈恋爱"。

这样的状态简直和当初的我一模一样，那时候我总觉得自己很辛苦，每天起早贪黑，十分疲惫。

昨天一个初二的学妹问了我这样一个问题："学姐，我的老师每天都在强调努力很重要，学习很重要，知识很重要，我就是不明白，这些到底重要在哪里？"

我疑惑地问她："那你为什么觉得这些不重要呢？"

她有些激动地回答说："还不是因为我爸妈、老师逼着我学习，要听从他们的意见考好的学校，毕业后才能找一份不错的工作，难道不上大学就找不到工作了吗？"

读书到底有什么用？学历真的有那么重要吗？努力真的有意义吗？这些话要是搁在以前，我也会这样问自己。但事实证明，这些绝不是说说而已的空话。

03

我读高一的那年，和我从小长到大的朋友觉得读书太累，所以辍学去温州那边打工，一个月能拿 3000 元左右的工资，那时的我一周才 100 元的生活费，经常囊中羞涩。

而她能够花自己的钱买喜欢的东西，还可以花钱请我们吃饭玩耍，那时候我真的超级羡慕她。她说，你读书有什么用啊，还不如早点去上班，还是挣钱来得实在。

我高中三年并不努力，高考成绩离二本录取分数差了 6 分，最可怕的是阴错阳差上了一所专科学校，就因为之前的不努力，我之后付出数倍的努力才弥补了回来。

高中毕业，我的朋友从温州回来，进了几年厂，工资还是3000 多，她觉得再干下去实在太无趣了，于是回重庆和我一起去找暑假工。好不容易找到一份电话营销的工作，没想到她却没有被录取，我本以为表现优异的她会被录用，而我会落选。

后来上班开早会时，主管跟我们说，这次录取的全部是大学生，也包括两名准大学生，学历太低的一概不予录用，害怕思想跟不上，能力也跟不上，后期不好管理。

朋友又重新找了一份火锅店服务员的工作，没过多久就结婚了。一转眼我大学毕业了，她依旧拿着每月 3000 元左右的工资，而我在大学靠写稿每月就能拿 2000 元左右的稿费。她不止一次说羡慕我，甚至后悔当初自己没有好好读书，如今才过着这样疲惫不堪的生活。

回到文章开头，我给学妹的回答是："在什么年纪就做好什么样的事情，学习是永远不能放弃的，你别以为读书和学历不重要，它在一定程度上决定了你未来的生活质量。"

别再轻易相信"读书无用论"，别再质疑学历高低对自己的影响，那都是你为偷懒所找的借口，以后必将成为你前行的一大阻碍。

04

越长大，越会发现，你是怎样的人，就会遇见怎样的人。不管是同学聚会，还是同事聚会，你会发现，层次相同的人之间更有话题聊。

前不久和公司的主管负责外出谈合作，对方是一个 22 岁的小姐姐，看上去打扮得青春时尚，戴着一副墨镜，化着美美的妆，着装大胆前卫，说实话，在谈业务时，穿这样的衣服来，并不会让人产生多大的好感。

但在对方开口介绍自己毕业于国内某所知名大学时，主管立即上前握手，表示很高兴能和她谈合作，几句话下来，合作就谈成了，因为知名高校已经让合作方瞬间对你产生了好感，增加了信任度。

后来我负责合作后期的部分事宜，和她也打过不少交道，她知道我的情况后，开始为我感到可惜，劝我还是得继续提升学历，最好考个研，因为这个社会是真的存在学历歧视。

她还说，人脉圈更有学历歧视。她的微信里有一个人才交流群，只有 985 及以上大学生才可以进群，在那样的一个圈子里，各所高校、各个行业的人才一起互相交流，一次聊天都会让你大开眼界，受益匪浅。

你看商业大佬们，哪一个不是名牌大学毕业的，他们不是随随便便走到这一步的。而那种"小学学历照样当大老板"的例子只是少数，却被我们当成了不努力的借口。

05

去年 12 月，我一位本科朋友在 58 同城上看到一所知名度很高的培训机构在招聘，但对学历的最低要求都是 211 大学毕业。

她鼓起勇气给面试官打了一个电话，电话接通后，两人仅进行了四句对话，就宣布了她面试失败。

室友："您好，我是 ××，想应聘语文老师一职。"

面试官："你好，请问你是 211 及以上大学的学生吗？"

室友："不好意思，我不是。"

面试官："很抱歉，我们机构对学历要求比较高，希望你生活愉快、工作顺利。"

因为我们不是重点大学的学生，所以失去了很多选择工作的主动权。当然，并不是只有重点大学的毕业生才能出人头地，如果毕业于普通院校的你能努力让自己更进一步，你就会尝到多一点甜头。

你问我：读书的意义是什么？努力学习的收获是什么？

我会告诉你这样的答案——

努力读书，会让你以后在找工作时，有更多的选择而不是屡次被人拒绝；

努力读书，会让你以后认识更多的人，看更多的风景，而不是每天陷在低质量的圈子里；

努力读书，会让你少走弯路，会让你少一份压力，会让你少吃生活的苦。

现在你所吃的每一份苦，都是在为以后减压；现在的每一份付出，时间都不会辜负你的努力。

学历这回事，只要不放弃就永远有机会

01

有人说，现在网上最不可信的一句话就是："学历没用，读书没用。"以前我们很多学生傻傻地相信了这句话，出了社会后才知道，这些话都是骗人的。

2015 年我高考结束，重庆那一年的分数线很高，二本录取分数线为 532 分，而我考了 526 分。6 分的差距让我和普通二本院校擦肩而过，本来打算复读，便把三本录取的档给退了，没想到自己临时反悔，便去读了专科层次的语文教育类专业。

虽然我在学校学习认真，拿了两次国家励志奖学金，也在努力提升自己的能力，但专科学历带来的尴尬依旧无法避免。

之前关于"学历重不重要"的探讨，我记得考研名师张雪峰曾说，没有一个世界 500 强会去一个名不见经传的学校招聘，因为他们只要 985 的大学生。

《世界 500 强企业招人标准曝光：非 985 毕业生，简历直接扔垃圾桶》一文明确写到 HR 在挑选简历的时候只会选择 985

院校的学生，其余学校的学生连进入初选的资格都没有。上名校的确很重要，因为毕业的时候，它会成为找工作的敲门砖。

其实你认真想想，身边那些高学历的人，大多混得不错，所以不要说学历不重要。

我一个专科生，在找工作时，学历方面完全不占优势，准确来说，对于很多公司，我连投简历的资格都没有。所以说读书很重要，学历也很重要，什么"读书无用论"并不适用于这个社会。

我没有否定自己以前的努力，也没有埋怨自己现在所在的圈子，只是心中还有一丝不甘，我觉得自己还有向上提升的机会，所以我不会任由自己堕落下去，我会奋力向上走，我也想去看看山顶的风景，不想就这么在山底待一辈子。

我不希望任何一个人因为一些小问题而放弃了学习的机会，能够往上走，就绝不能轻易放弃提升自己学历的机会，因为对于大多数人来说，这是改变自己命运的最佳选择。

02

当然，你也不要因为"学历低"而感到忧愁和烦恼，而是要努力去提升自己的学历。只要你自己不放弃，就永远有机会提升自己的学历。

我们学校有很多人报了专升本培训，要么报学校的专衔本，要么报教委的自考，大家都有一个目标，那就是想尽办法提升自己的学历。

我报了教委的自考，大一一年没有意识到事情的严重性，荒废了时间，大二开始准备考试，每年有两次考试机会，每次最多报 4 门，总共考完 11 门，通过论文答辩，即可拿到本科毕业证。

大三，大部分人的状态就像是重回高考一般，每天早出晚归，课间时间也会用来做题、看书，我室友说："哪天要是我多睡十分钟，我都会觉得过意不去。"

那段时间都是在图书馆看书学到十点以后才走，很多次，我都看到专升本下了课的同学，马不停蹄地奔到图书馆来看书、做题，全都在为升学考试做准备。

还有少部分人已经考完了本科所有的课程，就等毕业拿到本科毕业证后去考研，继续攻读研究生。而我也打算等自己的事业稳定一些后，去报考研究生。世上无难事，只怕有心人。

03

前几天看《职来职往》节目，偶然看到一个叫张园园的姑娘，她初中毕业后没有继续学习，而是外出打工送哥哥上学。

她初中毕业后就步入社会，参加工作，因为学历低，她发现各方面都受到限制，于是，通过自学的方式，拿到专科、本科的学历。她不甘心做一个生产线的女工，然后下定决心继续自学，提升自己。

后来，她从女工做到文员助理，并自学计算机，然后又去自学英语，2013年考研成功，主修英语专业，2016年来到《职来职往》，深受面试官的喜欢。

她一直没有放弃学习和提升自己的学历，她用自己的经历告诉我们大家，在这个社会，只要你不放弃自己，没有谁能够阻止你变得更优秀。

我经常会讲一位专业老师的故事，她是一个英语专业毕业的专科生，专升本成功后参加了研究生考试，成功考入一所重点高校，去年又成功考上博士，一直没有放弃提升自己的学历。

可能有的人会说，她们只是个例，那为什么别人能成功，你就认定自己不能成功呢？因为你不肯努力，而别人愿意付出行动去努力，所以这就是差距。

在提升自己学历的同时，还得让自己有能力去面对未来不可知的一切，让自己有足够的底气去面对未来，这才是我们最好的生活状态。

千万别被"我不行"轻易打败

01

最近这段时间，我在朋友圈看到很多人的状态都不太好。比如，某次活动没表现好，某次考试考砸了，某次任务没完成好……朋友圈弥漫着一股"我怎么这么差"的气息。

即将毕业的朋友找我倾诉，说自己的生活过得一塌糊涂，她为即将面临的复杂人际关系而烦恼，对自己的未来感到担忧和恐慌。

最后她对我说："我发现自己对未来一无所知，甚至根本没有勇气踏入社会去接受生活的审视，因为我太平凡了，我什么都不会，我什么都不行，我感觉自己一无是处。"

换作以前，我肯定会非常温柔地说诸如"没事，其实你并不差，慢慢来就好了"之类的鼓励性话语，但是现在，我却一针见血地给出意见："不会就学，觉得不行就拼尽全力去试，没有什么困难是解决不了的，只是你自己不想去解决而已，把烦恼和焦虑转化为动力，去行动，去突破。"

我突然想起网上有这么一篇帖子引起了大家强烈的共鸣。

题主问:"你最讨厌别人问你什么?"

回答者说:"我最讨厌别人问我是什么学校,什么专业,听完后。要么就是好心地提醒你要随时为就业做准备,要么就像你的人生导师一样,说你这个学校不行,说你这个专业不行,总之,就是各种否定你的所作所为。"

说实话,我们身边并不缺少这样经常否定你的想法、行为的人。

你想毕业后当一名老师,身边总有人告诉你说:"现在考教师太难了,我一亲戚考了五六次公招还没考上,而且你连教师资格证都没拿到,你根本就没有机会。"

你想利用业余时间学习英语,你的朋友对你露出嘲笑的眼神,轻描淡写地对你说:"学习英语得靠毅力,你如果不能坚持三个月或者是更长的时间,那我劝你就别去学了,反正学了也会忘。"

你想变得更好,可总有人不希望你变得更好,或者总是给你传递一些"你不行"的观念,如果你是一个没有自律精神的人,那么很有可能就会因为别人的一两句话打退堂鼓。

那些说你不行的人,你千万不要让他们得逞。如果你自己也说自己不行,那就不要让自己得逞。

02

以前的我也一直觉得自己是个很差劲的人,总觉得自己什么都不懂，什么都不会。那时候，我对自己的未来感到特别迷茫。

高中的时候，班主任叫我好好努力把偏科问题解决，争取考个好大学，我很无奈地回答："我不行啊。"

朋友们怕我无聊，让我和她们一起学跳舞，我尴尬地摇了摇头说："我没舞蹈天赋，我更没有舞蹈基础，我不行啊。"

同学们在班会上大声地举荐我去参加学校的作文比赛，我害羞地低下了头，心怦怦直跳，连忙一个劲儿拒绝："我肯定不行，我不去，把机会让给其他同学吧。"

那时候的我，每天都说着"我不行""我不会"之类的话语。我总觉得自己长得不漂亮，成绩不好，交际能力不好，进而将自己全盘否定。

可能有人会觉得这很荒谬，一个人怎么可能自卑到这种程度呢？但没办法，以前的我真的就是这样极度自卑的人。

大一这一年，我还没有接触写作和新媒体这方面的内容，平日除了写点日记和写作课作业外，很少再去写什么。

后来我关注了一些写作者，每次就看他们的文章，再看看自己的文章，我心里会取笑自己："你看看自己写的是什么东西，还想当写作者，你肯定不行的。"

"不行"这个词，仿佛每天都在我的脑海里盘旋与纠缠，它越强，我就越弱，它似乎每天都在叫嚣着我的懦弱。

真正开始写作，是因为大一我选择了参加了一个征文大赛，花了一周的时间认认真真写了一篇文章，没想到竟获得了全国二等奖，组委会给我颁发了证书和2000元的奖金。

我突然发现，很多时候并不是自己真的不会、不行，而是自己没有勇气去踏出那一步。没有行与不行，只有做与不做，做了可能还行，不做就永远不行。

03

人很奇怪，越是在逆境中，反而成长得越快。

上班后，我公司的领导给了我很大的启发。有一次，老板叫我去完成一项重要的任务，那就是写一篇关于游戏行业的软文，并且只给我短短三天时间。

我这个人虽然平日里总有一股劲，但这次是真的尿了，毕竟这项任务对于我来说比身上压了三座大山还艰难，因为我很少接触游戏，对此也丝毫不感兴趣。

当我忐忑不安地向他申请换任务时，他问我理由是什么，我说自己能力不足，担心自己完成不好任务，从而影响进度。

老板听完我的话，只淡淡笑了笑，他没有劈头盖脸批评我一通，但也没有大发慈悲放过我。

他突然从座椅上站起来，一脸严肃地对我说："你要记住，我不想听到我公司的任何一位员工说自己不行或者自己完成不了任务之类的话，我只想知道给你多少预期时间，你能够把这件事情完成好。如果三天时间完成不了，那就一周，一周不行就两周，但是，在这段时间里，你必须想办法把它搞定。还有，大多数人的能力都不是天生的，都是靠后天锻炼培养出来的，你既然不会，那你更得好好抓紧这次锻炼的机会。"

没办法，我只能悻悻回到办公室开始查资料、分析往期案例、理思绪，为了把这篇软文写好，我晚上回家加班，白天继续上班，那几天也成了我最忙的时候，微信昵称经常显示为"最近加班，延迟审稿"，但值得高兴的是，我终于在规定时间内完成了任务。

在那之后，每当公司有什么高难度的任务派给我，我不会再去找老板倾诉自己能力不足，而是会想方设法解决，一次又一次后，我竟然发现自己的进步突飞猛进。

我越来越觉得，我们就是在一个不断解决难题的过程中成长，如果永远说自己不行，不主动面对困难，那就会永远一事无成。

04

我有一个朋友就是那种典型的"你说我不行，我偏要行"的人，她的骨子里有一股不怕输、不服输的劲儿。不过，她绝不是在逞强，她分得清轻重。

说来有趣的是，她也是学了前景很不好的专业，家人一直对她没抱希望，而她却觉得既然已经选择了这个专业，那她就得去尽全力学好。

她相信，专业不好只能代表普遍就业率低，并不代表找不到工作，三百六十行，行行出状元，她过五关斩六将，靠着自己的努力，在这个大家并不看好的专业领域发光发亮。

很多人由于自己失败了，就会找各种客观理由来告诉你不行，或者找很多原因来安慰自己，如没有做到，不是自己没有努力，更不是自己的错。就像很多大学生毕业后找不到心仪的工作，就会责怪学校不行、专业不行，其实最重要的原因还是自己在大学没好好努力，没有将心思用在学习上。

哈佛大学做过一项研究，研究结果表明一个人没有成就的根源之一就是"自我设限"，杀死自己的潜能，看低自己的能力，从不走出舒适区，把可能会成功的一切机会推向了身后。

有的人明明没有为某件事情尽最大努力，却一直在为运气不好耿耿于怀。

不要轻易去相信任何人的一面之词，不要让别人对你的否定轻易得逞，更不要让自己的否定得逞，如果你连自己都不相信，那成功的希望就会十分渺茫。

没有不行的事，只有不行的人，我希望你下次再遇到困难或者面临选择的时候，别说"我不行"而是说"我试试"。

Part

3

人 生 没 有 白 走 的 路 ，
　　每 一 步 都 算 数

典型的穷人思维，是舍不得投资自己

01

大二那年，我报名参加了学校组织的暑期带薪实习活动，为期一个月时间，工作地点是重庆的一家大型游乐场。在这期间，我认识了一位同事 A，她是一个对自己极度吝啬的人。

我俩被分配到了餐饮销售部，还同住一间宿舍。重庆的夏天，温度高得可怕，我们就像两只在锅炉里的蚂蚁，热得团团转。

由于我们实习的餐饮店是临时在空地上搭建起来的，所以并没有空调可以享受。小店里面一共有四个人，除了我和 A，还有一位负责小店管理的姐姐，一位负责收银的姐姐，我们四人共享着两台大风扇，扇出来的热风也能让我们汗流浃背。

无奈之下，两位姐姐经常轮流去隔壁的餐厅吹空调，而我和 A 因为管制严格，不敢随意离开岗位，而且还不能玩手机。我那时刚开通了个人公众号，计划着每天更新一千字，没想到刚实习就遇到了这样恶劣的环境。

游客很少的时候，我和 A 坐在椅子上吹风扇，我转过头对她提议道："要不，我们下班后去商店买一个小型的消暑扇吧？这样我们就不会经常被热得汗流浃背了。"

她很惊讶地看着我说："这天气根本不算热呀，哪还用得着花钱去买消暑小电扇，自己用扇子摇一摇就行了。"说完她还露出一副蔑视的表情。

我看着她满头的汗水，虽然并不能理解她所说的话，但我尊重她的想法。于是，下了班后，我一个人前往商店买了小电扇，事实证明，这个花几十块钱买来的小电扇陪我度过了一整个燥热的夏天，并且在这段时间里，我不仅写了几万字的文章，还获得了给游乐场报刊写稿的稿费，稿费足以将花出去的钱赚回来。

她看见我每天读书、写文章，觉得我是在浪费时间和精力。她基本所有的业余时间都用来玩手机、睡觉，她觉得只有不去尝试，才能更省钱。

刚开始，我只是以为我们的某些想法不一致罢了，和她接触的时间越来越长后，我才发现她具有典型的穷人思维。

天气太热，我喜欢将空调打开并盖着被子早点入眠，而她却觉得开空调浪费电，宁愿自己摇一个小时的扇子才睡觉。由于游乐场离城区有一段距离，我喜欢花八块钱打车，好快去快回，但她却为了节约几块钱的车费，选择去挤公交车，来来回回得花上半天的假期，第二天还得上班，弄得自己疲惫不堪。

据我了解，她的家庭经济条件并不差，但她就是舍不得花钱投资自己，甚至舍不得花钱对自己好一点。

02

有人提过这样一个问题："为什么有的人明明那么节省，却越过越穷？"

回答者说："那是因为他们具有典型的穷人思维。"

我认为穷人思维有以下几种。

一、精神上的穷人思维

在《贫穷的本质：我们为什么摆脱不了贫穷》这本书里面，两位作者通过深入考察贫穷国家的穷人生活以及他们对于未来的选择，总结了几点导致贫穷的原因，其中一个原因为，穷人目光短浅、拒绝计划，只注重当前的娱乐。

有些女生平日里省吃俭用，舍不得花几十块钱买学习资料，舍不得花几百块钱去学习新技能，却舍得花几千块钱去买一件衣服或者是一个包包。

有的男生更是如此，买一套游戏装备眼都不眨一下，为了打游戏更加顺畅，甚至会花掉一个月的生活费，却连买本资料书的钱都舍不得花。

曾看到这样一则小故事：

　　一个富人送给穷人一头牛，穷人满怀希望开始奋斗。可牛要吃草，人要吃饭，日子过得很艰难。于是，穷人决定把牛卖了，买了几只羊，吃了一只，剩下的来生小羊。可小羊迟迟没有生下来，日子又变得艰难了。

穷人又把羊卖了，换成鸡，想以鸡生蛋赚钱为生，但是，日子依旧没有改变，最后穷人只好把鸡也杀了。

这就是穷人的惯性思维，宁愿通过一味妥协来解决生活中的难题，也不愿意用其他方式来渡过难关，因为他们害怕艰难而选择了放弃，也导致自己的生活还在原地踏步。

那些具有穷人思维的人，并不肯花时间去制订并实施计划，也舍不得为未来投资，他们只关心当下的享受、娱乐、精神刺激。

他们很少想到如何去赚钱和如何才能赚到钱，他们认为自己一辈子就该这样，不相信会有太多改变，甚至觉得少用就等于多赚。

我们把这种观念称为精神上的穷人思维，只看到了当下的付出，却忽略了以后的收获。

二、时间上的穷人思维

有的人喜欢花大把的时间去节约小额的金钱，把关注点全放在了金钱上面，却没有注意自己浪费了大把的时间。

我爸就是这方面的典型人物，从小到大，我就受到他"穷人思维"耳濡目染的影响。比如他宁愿花两个小时走路，也不愿意花两三块钱乘公交；比如他教育我要节约，宁愿去远一点的市场买物品，也不要在近的地方买价格稍微贵一点的东西。

有时候觉得我爸既可怜又不值得同情，可怜之处在于他文化低，没有什么见识和技能，为了撑起整个家只能精打细算、斤斤计较，因为贫穷限制了他的想象力，也让他变得胆小。

但他又不值得同情，因为他宁愿把心思和时间都浪费在省钱上，却不愿意利用时间学一门技能，提升家人的生活品质，反倒来教育自己的下一辈做一个具有"穷人思维"的人。

有些人觉得自己的时间不值钱，有时甚至不知道该怎么打发。他们会因为买一斤白菜多花了一毛钱而气恼不已，却不为虚度一天而心痛。

我们把这种思维称为时间上的穷人思维，宁愿花更多的时间，去节约小额的金钱，也不愿花小额的金钱，去节约更多的时间。在这一点上，具有穷人思维的人，往往忽略了时间才是最宝贵的东西，就算拿钱也买不回来。

如果一味用无意义的时间来堆砌自我的价值，只会让自己的生活显得越来越廉价。

三、人际交往上的穷人思维

我认识一位朋友，她特别喜欢占便宜，每次别人请吃饭，她比谁都冲得要快，每次叫她请吃饭，她比谁都退得要快。她喜欢有事没事去麻烦别人，而且事后也没有给人相应的回报，还喜欢为了几毛钱而斤斤计较，却习惯性地忘记自己欠别人的钱。

从此，别人都不太喜欢和她产生过多的交集，她的圈子也大多是一些斤斤计较、爱占小便宜的人。

自古有一句话说得好："舍得舍得，有舍才有得。"在人际交往中，你只有脱离自己的穷人思维，尝试去接触与认识更多的人，你的视野才会越来越宽阔，收到的信息才会越来越多。

有人说，是一个穷人并不可怕，可怕的是拥有"穷人思维"，你看看自己是否拥有穷人思维，如果有，请尽量跳出这种局限思维，去提升自己的学历，培养一门技能，见识更多的人，读更多的书，看更多的风景，慢慢从这样的穷人思维中脱离出来。

生活没有目标，你会更加迷茫

很多人都不知道自己现在应该做什么，明天又应该做什么，不是对自己的未来感到很迷茫，就是感到很焦虑。

前不久，我和几年不见的朋友相约一起吃饭，我们各自在约定的时间内到达了火锅店，我俩选了一个靠窗的位置，点过单之后便开始聊天。

我们本是高中同学，可自从上了大学后，就再也没有见过面。她到了遥远的北方，我留在了重庆本地，这次相聚是因为她大学毕业后回重庆工作，两人才有机会见上一面。

我俩的聊天话题才刚开始，她就露出了一脸无奈的表情。以我对她的了解，要不是遇到了难题，她可不会这样扫兴的。我这个人向来不太会安慰人，但我还是小心翼翼地问她是不是工作的问题还没有解决。

她喝了一口橙汁，一脸无助地看着我说："是啊，我面试了好几家，有的已经给了 offer，但我并不是我心仪单位，所以我打算再找找看。"

这时，锅里的汤已经烧开了，滚烫的热气升了起来，给这个寒冷的冬天增添了不少温暖。但我似乎高兴不起来，反而有点担忧地问她："那你对未来有打算吗？准备找一份什么样的工作呢？"

她将鸭肠慢慢地放进了锅中，抬起头来强作欢笑地对我说："我这个人对自己的未来没有打算，走一步看一步，因为我也不知道该往哪儿走。"说完，立马低下了头吃菜，仿佛是不想和我再继续讨论这个话题。

"走一步看一步"成了多少人的经典话语，缺少对未来的规划，没有明确的目标，自然会感到迷茫或者焦虑，有一句话说得很好："人生重要的不是你在哪儿，而是你将从哪里走。"

02

和朋友吃完火锅，我俩就各自道别回了家。那时已经是晚上八点多了，我赶着回家写一篇约稿，所以心思一下全回到了稿件上面，便没有再想朋友的事情。

写完约稿已经是晚上十一点半，我将稿件存好，关掉电脑，然后拿起书桌一旁的笔记本，认认真真写上了第二天的计划和安排。我翻看着这本计划笔记本，看着上面的每一个计划都用红笔打上钩，心里产生了一种无比自豪的感觉。

记得我刚上大一那会儿，有一次轮到我上台试讲，可当天我连课件都没有制作好，便打了一场无准备的仗，结果当时输得很惨。

从那以后，我开始意识到了设定目标的重要性，很多时候取得 60 分并不难，但是要取得 80 分或者 90 分就很难，如果没有充分的准备是很难取得这样的好成绩的。

大二开学不久，我就已经为就业开始做准备，我去网上查看了很多公司的招聘信息，了解我心仪岗位的用人要求，然后给自己设定了一个两年的成长目标。

因为我一直很喜欢文字，所以也曾多次幻想着自己毕业后能够从事文字方面的工作，于是我将文字编辑设为了自己的首要目标，开始尝试写文、开公众号等，锻炼自己的写作和沟通能力。

两年时间的准备，让我在择业时充满信心，于是我给杂志社、文化传媒公司都投递了个人简历，面试后最终选择了后者，正式开启了我的就业之旅。

一年后，我辞职了，不是因为和公司的同事相处不来，也不是因为公司的待遇不好，而是因为我想靠近自己的梦想。

平日上班很忙，作为一个刚毕业的年轻人，我更得花大多数的时间去学习方方面面的内容，这在一定程度上压缩了我的自由写作时间，所以我选择了全职写作，每月的收入可观，生活过得也有滋有味。

我给自己制定了一个目标，那就是每天雷打不动地写 2000 个字。我还尝试了写小说、写故事，在文字中寻找更多的可能性，在书籍中去寻找更多的精彩。

因为目标清晰，我在前行的过程中一直有方向，所以我没怎么迷茫过，因为我清楚地知道我想要什么，我该如何努力。

03

我几乎每天都能收到读者的留言倾诉，大多数人都是在为自己现在和未来迷茫，不知道该做些什么，更不知道毕业了选择哪种工作。每次遇到类似求助，我都会问他们是否做过职业规划，而收到的答案几乎都是否定的。

这样的现象并不少见。上大学前，大多数人都是在父母的期盼与老师的指引下前行；上了大学后，没有了父母和老师的督促，完全靠自己自觉，如果没有自律性，每天都会过得很安逸。

在大学这个阶段，很多人把时间都花在了娱乐与享受上面，没有对职业进行详细的规划，所以才会对自己的未来产生强烈的迷茫感。

就像我朋友那样，总觉得青春是短暂的，再不疯狂就要老了，所以大学时完全没有将心思放在找工作上，毕业后，突然发现自己不知道该怎么走了。

很多时候我们的思维和眼光都是有限的，只顾着走眼下的路，忘记了抬头看看前方，只有在遇到坎坷和障碍时才会意识到困难所在。

相反，有的人提前就把自己的计划和目标制订好，脚踏实地一步一步前行，就算是遇到困难也会想办法解决，直到越来越靠近自己的目标。

卡耐基对世界上一万个不同种族、年龄与性别的人进行过一次关于人生目标的调查。

他发现，只有3%的人能够明确目标，并知道怎样把目标落实；而另外97%的人，要么根本没有目标，要么目标不明确，要么不知道怎样去实现目标……

十年之后，他对上述对象再一次进行调查，结果令他吃惊：调查样本总量的5%找不到了，95%的人还在；属于原来97%范围内的人，除了年龄增长10岁以外，在生活、工作、个人成就上几乎没有太大的起色，还是那么普通与平庸。

而原来与众不同的3%，却在各自的领域里都取得了相当大的成就，他们十年前提出的目标，都得到了不同程度上的实现。

如果你连人生的目标都没有，那迷茫与无奈感只会一直伴你前行。只有设定了清晰的目标，一步一步努力前行，你才会获得更多的成就感。

04

很多人每天看上去忙忙碌碌，但是心中却没有清晰的目标，"走一步看一步"是大多数人奉行的观点。所以他们才会因为"该就业还是考研？""该去大城市还是回家乡？""该听父母的考公务员，还是选择自己心仪的工作？"这些问题而感到迷茫。

怎样确定清晰的目标呢？怎样才能具体解决这些问题呢？

首先，你得找准自己的需求点在哪儿。

比如你想留在大城市就业，那你就得思考自己要实现这个目标，得去付出怎样的努力；如果从事相关工作，是否要提升某一方面的能力，或是学习新的技能。这些都得考虑清楚。

其次，你得设立长期目标和短期目标。

所有的成功都不是一蹴而就的，需要从一点一滴做起，比如你想去当一名摄影师，那短期的目标肯定是学会基础拍照，长期的目标是拍更多优秀的摄影作品，认识更多优秀的同行，累积一定的实力之后，便准备开个人的摄影展。

最后，对目标的障碍要有一定的预估能力。

比如能力、机遇、经济条件、付出时间等方面的障碍，你得有一定的预估能力和心理准备，得有接受得与失的平常心，气馁和自我怀疑只会打击你的自信心。

博恩·崔西曾说："要达成伟大的成就，最重要的秘诀在于确定你的目标，然后开始干，采取行动，朝着目标前进。"

大多数人迷茫的原因，是在本该拼命努力的年纪，却想得太多，做得太少。生活一旦有了目标，一旦需要付出实际行动，你哪还有时间迷茫呢？赶紧跑起来吧。

有多自律就有多自由

01

谈到自律这个话题，我一直觉得人就要过得自在一点，想吃美食就吃，想睡觉就睡，想偷懒就偷懒，这对当下的生活并不会产生多么不好的影响，所以一直以来，我的自律性并不强。

直到大二开始写作，我才从中深刻地体会到了这样一个道理："你有多自律，你就有多自由。"

从开始写作到现在，我已经写了上百万字，刚开始坚持每天写 1000 字，慢慢地增加到每天写 2000 字。这可不是一件简单的事情。当然，我并不是想说自己厉害，在坚持的过程中，有许多次我都在心里给自己打退堂鼓，劝自己放弃。

但我骨子里就是有一股不服输的劲儿，尽管忙得不可开交，也会将一天的字数完成，不然会惩罚自己第二天加倍完成任务。为了让自己的明天过得轻松一些，那么今天就得努力。

坚持写作，给我带来了很多意想不到的好处，每月的稿费足以支撑我的日常开支，还让我拥有了一笔可观的存款。除此，我还认识了很多志同道合的朋友，在他们的影响下更加努力地前行。

上班后，繁忙的工作压缩了我写作的时间，为了坚持完成每天2000字的目标，我开启了早起的计划，每天六点半起床开始写作一个小时，七点半开始做早餐，八点二十准时乘公交车去上班。

以前我一直觉得早起是一件特别痛苦的事情，但真正开始实施这个计划以后我才发现，所有你所认为很痛苦的事情，在全心全意执行后都会变得简单，有时候你只需要坚定自己的信念，踏出那最难的一步。

02

在写作上，我有很多喜欢的作家，村上春树就是其中一个。

村上春树在决定写小说之后，有的时候钻进书房一闭关就是一年，由于缺乏运动，身体吃不消，精力也很难长期保持在一个旺盛的状态。

于是，他开始尝试跑步，每天跑步10公里，不料一跑就是三十多年，成功戒掉了烟瘾，减去了多余的脂肪，把自己跑成了一个马拉松运动员。

他每天四点起床，写作五个小时，下午跑步一个小时或游泳一个半小时，然后读书、听音乐，晚上九点就寝。他坚持这样的作息时间，从未改变。

他规定自己每天只写 4000 个字，400 个字一页的方格纸，每天写满 10 页。完成了任务，他便果断放下纸笔，愉快地去做其他的事情。如果每天规定的量没写完，发生天大的事他也不管，天大地大，稿子最大。

我倒觉得，改变其实是一件很个人的事情，它的动力是由内而外的，即自律，而非全靠外界的督促。

李开复说，千万不要放纵自己，给自己找借口。对自己严格一点儿，时间长了，自律便成为一种习惯，一种生活方式，你的人格和智慧也因此变得更加完美。

03

有人准备看书，却拿出手机刷了刷朋友圈，之后，又打开各种游戏软件，不由自主地点开玩了起来。

有人喜欢花钱买一本又一本的书，买下一次又一次的课程自我感动，却始终没有去静下心学习过。

有人总喜欢将今天的事情拖到明天做，总以"下次"当作借口，却不知道下次可能就已经没有了机会。

还有很多人，明明过着自己不喜欢的生活，干着自己不喜欢的事情，却没有勇气去迎接新的挑战，只能得过且过。

当你看见别人的生活过得越来越好时，你会羡慕，甚至会嫉妒与不甘。

马云曾说："要想成功，就一定要先学会自律，自律更像是一项自我的修行。"

"自律"听起来是一个很严肃的词,貌似需要很强大的意志力,其实和坚持同理,掌握了原则和方法,做起来并不难。

美国资深心理医生派克在《少有人走的路》一书中写道:"人生苦难重重,解决人生问题的首要方案,乃是自律。"

而他提出的所谓自律,是以积极、主动的态度,去面对生活,主要包括四个方面的内容:推迟满足感、承担责任、尊重事实、保持平衡。

一、推迟满足感

比如沉迷于打游戏、追剧、赖床等,这些事情虽然会给自己带来即时的满足和快乐,但一旦过后,就会让你觉得很失落和后悔。

但如果我们开始控制玩游戏、追剧等的时间,这些改变非但不痛苦,反而会带来更高层次的满足感和快乐。在获得这些满足感之后,你就会越来越喜欢这些行为,甚至将其培养成一个良好的习惯。

二、承担责任

很多人在面临问题的时候,总是喜欢找借口来逃避。比如熬夜是因为环境不好,比如拖延是因为有人打扰了你的时间,喜欢打游戏是因为生活压力太大……正是因为我们总是在找借口逃避责任,所以才导致"心安理得"地放任自己。

所以作者指出，只有从根本上认识到自己的问题，并学会主动去承担责任，才能逐渐改掉拖延、逃避的坏习惯。

三、尊重事实

尊重事实，意味着如何看待现实，杜绝"虚假"。承认对当前自己的不满，承认自己是造成现状的真正责任人，承认自己身上还有很多要改进的地方。比如"我是不是很拖延？""我是不是应该早睡？""我是不是应该少玩游戏？"作者提出，逃避或对抗这些情绪并没有什么帮助，只有正视、接纳这些情绪，尊重事实，才能更好地改变自己。

四、保持平衡

俗话说"一口吃不成胖子"。因此作者指出，积极地做出改变是好事，但也要注意不要揠苗助长。如果想快速取得成绩，或许只会加快自己的挑战失败。比如每天 5 点钟早起，比如每天争分夺秒学习、工作等，如果天天保持这样的状态势必会让你因过于劳累而放弃。保持平衡意味着用适当的节奏，明确目标，才能灵活应对自律的挑战。

以上就是派克在《少有人走的路》中所提出的相关建议和意见，有的人可能会觉得自律是一件困难且无趣的事情，其实这是因为你没有亲身体验过自律给自己带来的好处，提前将其否定只会让自己更加胆怯。

不自律的人生就像是在丛林中迷失了方向，尽管尝试了各种办法，每天忙得不可开交，也很难走到终点。而自律的人生，就像是前方有一盏灯在为你指引方向，无论前方多么艰辛，你也总会获得自己想要的成功。

自律能够让人变得更加自信，也增加了选择的机会，你有多自律，才会有多自由。

跳出"固有思维"的桎梏

01

去年国庆节，我一个人去长沙旅游，当时由于疏忽我未尽早订票，所以去官网买票时票已经卖完了。无奈之下，我又去买了重庆到长沙的飞机票，这才赶上了长沙之旅。

到达长沙后，因为我在网上提前订了青旅，所以一下飞机就直往青旅的地点去。当时天色已晚，一向路痴的我担心自己就算是找到凌晨也不一定能准确找到青旅的地点，于是我在街边拦了一辆出租车。

出租车司机是一位25岁的小伙子，在上车的时候，我偷偷瞄了他一眼，感觉他是一个挺阳光帅气的男生。向他说过地址后，我便开始用手机查看接下来的相关安排和具体事宜。我这个人一向不太喜欢过多地和陌生人交流，所以平日外出也不会交上几个朋友。

看完安排后，我放下手机转头看窗外的夜景，城市的霓虹、人来人往的街道让我在忙碌的生活里感到无比惬意。

这时，司机开口问我："你是过来旅游的吗？"

我转过头来，看着前方正在开车的他回答："是啊，国庆假期没事做，专门出来旅游。"

他又问道："你是大学生吗？"

我回答说："我已经毕业了，目前在上班呢。"

他回了我一句："噢，那挺好的。"之后，便专心开起了车。

出于礼貌，我便和他聊了几句，我从聊天中得知，原来他也是刚大学毕业不久。我心里疑惑，一个二本学校工程造价专业毕业的学生，怎么会从事这个行业呢？当然我并不是说当出租车司机有什么不好，而是疑惑，一个年轻小伙子，怎么就甘愿来开出租车呢？

于是我试探地问他："你这么年轻，而且还是大学生，为什么刚毕业不久就来开出租车呢？为什么你不从事本专业的工作呢？"

他一脸笑意满满地告诉我说："说实话，不止你一个人这样问我了，大多数的人第一句话就问我为什么会选择这项职业，却很少有人问我在这项工作中做得怎么样。其实谁都有选择职业的自由，但很少有人能在某一领域中做到极致。"

末了，他还从反光镜里面看着我说："妹妹，你说对吧？"

当时我一听完他的这句话，不知怎的，脸一下就红了，有点无地自容的感觉，但还是微笑着对他说："你这话说得很有道理。"

很多时候，我们都会被大家所说的固有思维所限制，突破不了已有的认知范围，在自我的小世界里徘徊，殊不知跳出这个思维你会获得更多的收获。

02

我在聊天过程中得知，原来他毕业后也找了几份工作，但觉得不太如意，后来便选择了做出租车司机。刚开始他觉得只需要满大街地找顾客、拉顾客就可以了，后来才发现，就算是拉客也是有窍门的，哪些地方的人多，哪些人着急乘车，都需要花心思去观察和研究。

说罢，他还立马给我举了一个例子："你看，街边那位大叔神色紧张地看着过往的车辆，还不停地看看手机，那说明他着急赶时间，如果这时候我主动上前询问，这一单有百分之八十的可能成交。"

紧接着他礼貌地问我："妹妹，您是否介意我多拉一个人？"我说不介意。

说罢，他就将车停在大叔的跟前，主动询问他是否要乘车。大叔去的地方刚好顺路，于是立马坐上了副驾驶。大叔上车后，司机便主动问大叔是不是着急赶时间。大叔回答说自己是从事某项工作的，有时候会着急赶时间，这一次就是因为有突发状况得赶去处理。

大叔刚说完，司机就瞬时递了一张名片过去说："叔叔，如果你以后还着急赶时间，你就提前拨打我的电话，只要我没拉客，我都会尽快赶过来的，这样你就不用忐忑地等这么久了。"

大叔接过名片说："好啊，以后我就打你电话，你说我这把年纪了，又不会开车，有时候出门的确不方便，以后再有事我就先打电话联系你。"

十几分钟后，我到达了目的地，用微信扫码付钱后下了车，他也给我递过一张自己的名片，说有需要可以再联系他，同时还叮嘱我说："一个女孩子在外地旅游得多注意安全。"我笑着点了点头。

03

收下他的名片后，发现他姓杜，我心想他真是一个有趣的人。我顺着方向找到了青旅。我订购的青旅价格很便宜，因为在我那间房间还有四个女孩子。我将行李放下后，开始拿出生活用品去洗漱。

那天很累，我设好了第二天早上七点的闹钟，十点钟不到就上床睡觉，为第二天的旅行养精蓄锐。

从长沙旅行回来后正是 10 月 3 日的中午，我本想在家里好好休息几天就去上班，后来在家收拾行李的时候，突然看到了那张名片，上面有他电话和微信的联系方式，我试着加了一下微信，大概过了二十分钟，他通过了我的好友验证。

通常，要想快速熟悉一个陌生人，最好的方式就是翻看对方的朋友圈。杜司机的朋友圈很简单，但是干货满满，除了分享一些自己日常看的销售管理类书籍，就是一些工作上的思考与反思，而且他还经常去给本区域的司机们做演讲、做培训，感觉每天都是激情满满。

大学毕业的他，从事了大家都意想不到的工作，而他不仅没有觉得不妥，反倒尽最大努力将工作做到极致，培养了自己的核心竞争力。

后来，我们聊了很多关于工作、人生、生活上的事情，从陌生人慢慢地变成了朋友，虽然我们只见过一面，但是却像认识多年的老友。去年年底，我在刷朋友圈的时候，看到他发了一条动态，他说自己升职了，现在是长沙区域的出租车经理，还表示自己会越来越努力，争取在这条道路上走得越来越远。

我给他点了赞，并真诚地留言道："为你感到高兴！"他回复了一个龇牙的表情过来。

就像他说的："其实每一个行业都有它的奥秘所在，只要你用心去做这件事，善于花心思去琢磨，就算在一个不起眼的行业里，你也能做出一番成绩。"

我们总是会用自己的固有思维去评价哪一个职业好，哪一个职业不好，却很少会去想，如果我从事了这一项职业，我能够花多少心思去钻研、去探索，我能够用多少努力去换取自己想要的成果。

04

我看过这样一则小故事：

某国有两个非常杰出的木匠，技艺难分高下，国王突发奇想，要他们三天内雕刻出一只老鼠，谁的更逼真，就重奖谁，并宣布他是技术最好的木匠。

　　三天后，两个木匠都交活儿了，国王请大臣们帮忙一起评判。

　　第一位木匠刻的老鼠栩栩如生，连老鼠的胡须都会动；第二位木匠刻的老鼠只有老鼠的神态，粗糙得很，远没有第一位木匠雕刻得精细。大家一致认为是第一位木匠的作品获胜。

　　但第二位木匠提出了异议，他说："猫对老鼠最有感觉，要决定我们雕刻的是否像老鼠，应该由猫来决定。"国王想想也有道理，就叫人带几只猫上来。

　　没想到的是，猫见了雕刻的老鼠，不约而同地向那只看起来并不像老鼠的"老鼠"扑过去，又是啃，又是咬，对旁边那只栩栩如生的"老鼠"却视而不见。

　　事实胜于雄辩，国王只好宣布第二位木匠获胜。但国王很纳闷，就问第二位木匠："你是如何让猫以为你刻的是真老鼠的呢？"

　　"其实很简单，我只不过是用混有鱼骨头的材料雕刻了老鼠，猫在乎的不是像不像老鼠，而是有没有腥味。"

　　拥有定势思维的人喜欢琢磨如何让雕刻的老鼠与真老鼠越来越像，却忽略了事物的本质是什么，而聪明的人喜欢去细心发掘别人关注不到的方面，从而增加成功的概率。

日本企业家稻盛和夫在《思维方式》一书中，提出了这样一个公式：人生／工作的结果＝思维方式 × 热情 × 能力。在他看来，拥有正确的思维方式比拥有其他能力更为重要。

如果自己努力了很久，却还是没有取得想要的收获，甚至都没怎么进步，那么你得考虑是不是自己的固有思维牵绊了你。

我们需要克服与生俱来的本能，克服固有的思维方式，接着需要制定目标，然后我们得不断学习，努力实现自己的目标。

在许多情况下，处理事情的逻辑和方法，甚至会比事情本身更重要，别再被自己的固有思维给限制了。

做自己时间的主人

01

不知道你有没有在某一瞬间产生过一种很无奈的感觉？

那种无奈不是被同龄人抛弃的感觉，也不是经济窘迫之感，而是那种"明明我已经很努力了，为什么还是没有取得我想要的进步或收获"的无奈感。

有时候，不是我们不想努力，而是努力了却没有任何进步或者是收获，所以在一次又一次尝试之后宁愿放弃。我们也想奋力拼搏、努力向前，但是前方总有事物在阻碍着我们，让我们停滞不前，久久停留在原地。

一个周末，我和一位朋友出去逛街，在奶茶店时，她突然对我说："我经常加班到晚上十点钟，早上也是提前半个小时就到，在工作上明明已经很努力了，可为什么我还没有涨工资，依旧拿着 3000 出头的月薪？"

朋友所在的公司是一家小型的策划公司，规模不大，只有七八个人，按理说，她进去工作已经有两三年了，是有机会涨工资的。我心里面的第一反应是："会不会是因为工作效率太低了？"接着和她慢慢聊了起来。

我问她："那你平日的工作状态是怎样的呢？"

她喝着奶茶，皱了一下眉说："我都是按时完成的，只要是老板安排的，从没有拖延过。"

我又问她："那你完成的质量怎么样？有没有得到过老板的肯定？"

她说："我们老板从来不会肯定我们任何一个人，只会摆脸色给大家看，她要是会肯定我们，真是太阳打西边出来了。"

真是说曹操，曹操就到。这时她的老板打来电话，叫她在下午三点前将一个活动的策划案发给她看看，朋友挂了电话后，一脸无奈地对我说："怡安，你看吧，周末还不让我好好休息，我得先回去修改策划案了。"

我俩便一起回到她家，刚一进门，她就打开笔记本电脑开始修改策划案。我怕打扰到她，便坐外面客厅的沙发上，用手机写稿子，那时正好是上午的十二点钟。

一个半小时后，我已经将一篇文章的初稿写好，起身喝水时却看到朋友正在刷抖音，虽然声音很小，但看她看视频的样子简直专注极了。我轻轻推门进去，她赶紧将手机锁了屏，仿佛在防老师或者老板一样。

她回过头对着我笑了笑，我也忍不住笑了笑，然后问她："策划案修改好了吗？"她一本正经地回答说："快好了快好了，等我修改好了，咱俩就出去继续逛，我还想去看那家的衣服，最近上新了很多款式。"

　　说完，她退出抖音，修改起了策划案，没一会儿却又刷起了朋友圈。在这两个多小时的时间里，她只是将策划案简单完善了一下，在下午两点半时提交给了老板，她如释重负，感叹一声自己好累。

　　在这时，我终于明白了为什么她干了好几年的工作却还没有涨薪了。没有管理好时间，你只会不断迷茫和焦虑，陷入自我感动与一次又一次的失望中，其实这都是在瞎忙，都是在浪费光阴！

02

　　作家春上春树曾说："要想让时间成为自己的朋友，就必须在一定程度上运用自己的意志去掌控时间，这是我一贯的主张。不能一味被时间掌控，否则终究会处于被动状态。"

　　我看过这样一则故事：

　　　有一位农夫早上起来，对妻子说要去耕地了。可是当他走到要耕的那片地时，发现耕地的机器需要加油了，农夫就准备去加油。可是刚想到给机器加油，就想起家里的四五头猪早上还没喂。这机器没油就是不工作，猪没"加油"，也就是没吃饱，可是要饿瘦了。

　　　农夫决定先回家喂猪。当他经过仓库的时候，农夫看到几个土豆，一下子想到自家的土豆可能要发芽了，应该去看看。农夫就朝土豆地走去。半路经过了木柴堆，想起来妻子提醒了几次，家里的木柴要用完了，需要抱一些木柴回去。

当他刚走近木柴堆，却发现有只鸡躺在地上，他认出来这是自己的鸡，原来是脚受伤了……就这样，农夫一大早就出门了，直到太阳落山才回来，忙了一天，晕头转向，结果呢？猪也没喂，油也没加，最重要的是，地也没耕。

故事里的这位农夫，时间都用在了去完成另一个任务的路上，结果什么都没有做成。很多人都会犯同样的错误，比如在学习或看书时，手机收到一条消息便立马查看，看完刷会儿朋友圈或者微博，没想到一看就是半个小时。在看群消息时，突然发现自己还有一个信息未完善，立马打开电脑完善信息，耽误了一阵时间后，却发现学习丝毫没有进展。

还有的人每天起早贪黑工作，但就是没有业绩或者是得不到上司的肯定，原因可能是你根本没有出色地完成你的工作，看似将时间都用在了工作上，却没集中精力，导致效率低下。

很多时候我们都知道坚持的重要性，但在临时的干扰面前，往往会忘记最初的目标。所以，我们有必要养成管理时间的习惯，每天约束自己，提高工作效率。

世界上有很多事情不公平，但是时间对每个人都是公平的。我们每个人一天只有二十四个小时，但是，每个人利用时间的方式不同，取得的成绩也会不同。

并不是说你每天很忙，就一定会过得充实或者有价值，你要学会利用好时间高效率工作，这才是真正的价值。

03

时间管理的意义在于让我们掌握高效工作的技巧，通过对时间的灵活应用，完成既定的目标。与此同时，时间管理对于每一个追求高效生活的人而言都至关重要。

我们应该从哪些方面做好时间管理呢？结合个人经验，我给大家分享几个小技巧。

1. 明确人生目标

我一直觉得人生目标在我们的人生中扮演着十分重要的角色，因为如果你连人生目标都不明确，那接下来很多事情都不好开展，所以，首要任务就是确定自己的人生目标，包括长期目标以及短期目标。

当然，这个目标还得根据你的具体情况来设立。比如你现在是一名高考生，那么目标是高考，时间规划要落实到复习上去；如果你是一名大学生，那么目标是找工作，时间规划就要落实到学习专业知识和提升个人综合能力上去。

除了根据自己的所处阶段来设立奋斗目标之外，你还可以从自己的兴趣爱好出发，将个人爱好与人生目标结合起来，因为兴趣爱好可以增加工作或者行动的成就感与快乐感，会让我们更加愿意做这件事情。

2. 记录和分析时间

第二步就是要搞清楚自己把时间花在哪儿了，做好反思和改进计划。

我通常喜欢用"不做手机控"软件，它可以记录各个软件的使用时间。当然，你可以选择适合自己的软件，随时跟踪记录自己的时间耗费与分配情况。

比如有的人很喜欢刷抖音、刷微博，看似一次没有花费多少时间在上面，但是一天下来、一个月下来、一年下来，浪费的是大把的时间。

在搞清楚自己每天的时间都花在哪儿之后，便可以进一步优化自己的时间管理，将平日浪费自己大量时间的因素找出来，及时调整，将剩下的时间用来实现计划。

3. 提高专注度，便是提高时间效率

我们很多人常犯这样一个错误："在做一件事情的时候，还喜欢做另外一件事，本以为是在提高做事的效率，没想到是在浪费时间。"我们有时候喜欢一边打电话，一边在键盘上打字，其实思维会受到干扰，导致两方面都不能及时跟上，效率低下。

二八原则指的是用百分之二十的付出得到百分之八十的收益，该原则主张"精益求精而非贪多求全"，提倡我们要有所侧重，让自己投入的时间物超所值。

一个人的精力是有限的，一次专注于做一件事情，或者是某一个阶段只做一件事情就可以提高做事的效率，效率提高了，那一天可支配的时间便会增加。

我推荐大家使用番茄工作法软件，集中精力二十五分钟，不要让自己受到干扰；每过二十五分钟，再休息五分钟。这二十五分钟就专注地做一件事情，其他的什么都不要去想，也尽量不要让外部的环境来打断你。

4. 分清轻重缓急，依次记录下来

但凡懂一点时间管理的人，都知道做事要分轻重缓急，可以每天晨起后，花五分钟的时间把今天的目标想清楚。我建议最好是在头天晚上睡觉前，就将第二天的目标制定好，这样会保证自己头脑清晰。最近最重要的任务有哪些？需要马上完成的有哪些？可以慢慢做准备的有哪些？

每天列出最重要的三件事情，做好适当的时间安排，做好这三件事情，再去考虑其他的事情。

5. 充分利用好碎片时间

可以利用碎片时间查找一些资料，整理一下最近的思路；在碎片时间还可以做一些零碎的事情，来最大化碎片时间的价值。比如说乘车时，可以做一下某件事情的安排或者处理一些小事情。

6. 养成早起的习惯

如果你的事情很多，根本忙不过来，那我建议你每天早起一两个小时，你就可以多出一两个小时的时间用来做其他的重要事情。

比如你每天抽不出时间看书，那完全可以早起一两个小时看书，其余的都按照正常的安排来进行，一个月下来，你会发现时间会利用得越来越好，自己的收获也会越来越多。

一个不懂得管理时间的人，也不会懂得管理自己的生活和人生，做好时间管理，做事才会事半功倍。从此时此刻起，就开始注重你的时间管理吧。

放弃不难，但坚持一定很酷

01

有人说成功太难了，要想做成一件事情也太难了，但当看到那些和自己起点相同的朋友远远超越自己时，又会心生懊恼和后悔。一个人如果连坚持都做不到，那有什么资本去追求自己想要的生活呢？

3月中旬，阳光明媚，温度适宜，我和几个朋友便约好一起去爬山。

对于我们办公室一族而言，平日逛逛街就算是剧烈运动了，这一次突发奇想去爬一座高山，我们几个都觉得有点儿不可思议。我们说行动就行动，纷纷换上了最舒适的装备，激情满满，兴奋不已。

在山底的时候，我们就听见有人说这座山高，且全程都是石梯，再加上坡度较陡，很多人在山腰就放弃了继续前行。刚开始，我们都纷纷立下目标，声称自己一定会爬到顶峰，到时候还会拍上一些美照发朋友圈。

时间一点一滴过去了，我们顶着太阳一步一步向山顶靠近，气喘吁吁，脸上全是晶莹的汗水，从刚开始一秒一步，慢慢只能三秒一步，最后恨不得抱着栏杆不再多走一步。

爬了两个半小时，我们眼看着离山顶还有很长一段路程，望着比登天还难的事情，纷纷产生了放弃的念头。我们总算是知道为何那么多人在中途放弃了，原来要爬到山顶真不是一般地困难。于是，我们选择了返回山下的班车，仿佛松了一口气。

车上有一位70岁左右的爷爷，他看着我们一脸疲惫与失望，笑容满面地问我们是否到达了山顶。我们纷纷摇头，并且立马补充说："这座山太高了，我们实在没力气了。"

他却摇摇头，一脸惋惜地说："年轻人啊，你们以为山顶有多远，其实山顶就在你们放弃的转弯处。"听爷爷这么一说，我们几人面面相觑，真是后悔不已，纷纷懊恼自己为何没有多坚持一会儿。

很多时候，我们习惯性地觉得某一件事情的难度太大，明明已经坚持了很久，却依旧觉得自己做不到，所以宁愿中途放弃，也不愿咬牙再坚持一下。其实成功往往就在放弃后的不远处。

02

人们都说，21天就能养成一个良好的习惯。但坚持21天，对于大多数人来说却很难，几乎很少有人能够坚持下来。

去年我加入了一个早起群，和群里99位小伙伴坚持每天6

点起床并打卡。早起活动正式开启前几天，群里几乎天天都像过年一样，大家纷纷表示自己要早起读书、跑步、刷题，大家互相鼓励和夸赞。

刚开始，我对此非常不适应，六点左右正是我深度睡眠的好时段，这时候早起对我来说简直是一件难以接受的事情，特别是在寒冷的冬天。

为此，我把闹钟从五点半一直设到六点。刚开始的第一天，我准时在六点打卡，并制订了晨起写作计划。第一天的状态实在太差，窗外路灯的光线透过窗帘的缝隙打在我的书桌旁，我给自己打了几秒钟的气，正式投入写作。

第一天早起群有 99 个人准时打卡，第十天只有 62 个人打了卡，越到后面坚持打卡的人越少，21 天结营的时候群里只剩下 20 多个人了。每天都有人被淘汰出局，他们给出的理由是"太累了""太早了""睡过了头"等。

因为一件事情的拖延或者是放弃，就会导致一件又一件的事情接连受到影响。比如那些立志要早起去跑步减肥的姑娘，一旦放弃了早起这个行为，紧接着减肥也会泡汤。你放弃的一件小事情，会影响你日后的收获。

很多人，刚开始斗志满满，可坚持了没几天就放弃了。还有些人，明明只要坚持最后几天就能完成 21 天的早起任务，却觉得早起实在太折磨人了而放弃。而我们这一小群坚持下来的人，大多都已经克服了自己的懒惰心理，不再畏惧早起，并真正从早起中受益。

放弃是一件很简单的事情，但是坚持却很难。能够坚持不懈地将一件事情做到底的人，往往是那些意志力坚定的人，也是最有可能获得成功的人。

03

现代人很关心自己如何才能变得优秀，如何才能在某一领域取得成绩，经常就有人来问我这个问题，试图从我这里寻找到一个最好的方法或者是一条最短的捷径。

每当我看到这些问题时，我都会先问对方这样一个问题："你有为一件事情长时间付出努力和时间吗？"

我收到的大多数回答是否定的，因为在他们看来，成功就是一蹴而就的事情，因为看过了太多人的成功，恨不得自己马上也能变得那般厉害，哪还会把心思放在努力上。

就拿写作来说，除了少数人天生就具有写作天赋，大多数写作者都是靠后天练习成长起来的。哪一位优秀的写作者不是写了几十万字甚至几百万字才有了现在的一些成绩，如果你连对写作最基本的热爱和坚持都做不到，那又凭什么想从中得到收获？

除此之外，还有大多数人明明已经在某一方面付出了较多的努力，但因为自己还没有看到前方的光亮，所以不想在黑暗中继续摸索而放弃了。明明已经付出了努力，却不愿意继续坚持下去。只要方向正确，你是否想过光亮或许就在这个拐弯之后？

苏格拉底曾对他的学生说："今天咱们只学一件最简单，也最容易做的事，每个人把胳膊尽量往前甩。"说着，苏格拉底示范了一遍，并问道，"从今天开始，每天做300下，大家能做到吗？"

学生们都笑了，这么简单的事，有什么做不到的！过了一个月，苏格拉底问学生："每天甩300下，哪些同学坚持了？"有百分之九十的同学骄傲地举起了手。

又过了一个月，苏格拉底又问，这回，坚持下来的学生只剩下百分之八十。一年以后，苏格拉底再一次问大家："请告诉我，最简单的甩手运动，还有哪几位同学坚持了？"

这时，整个教室里，只有一个人举起了手，他就是大哲学家的柏拉图。

"三分钟热度"是很多人做事的写照，虽然热情和冲劲有了，但缺少毅力，成功怎么会来光顾你？懂得坚持是成功必不可缺的一个条件。

04

有一个很著名的"荷花定律"，它想告诉我们的，恰恰就是坚持的意义。

一个荷花池，第一天荷花开放得很少，第二天开放的数量是第一天的两倍，之后的每一天，荷花都会以前一天两倍的数量开放。

如果到第 30 天，荷花就开满了整个池塘，那么请问：在第几天时池塘中的荷花开了一半？

第 15 天？

错！是第 29 天。

这就是著名的"荷花定律"，也叫 30 天定律。

很多人的一生就像池塘里的荷花，一开始用力地开，玩命地开……但渐渐地，你开始感到枯燥甚至是厌烦，你可能会在第 9 天、第 19 天甚至第 29 天的时候放弃了坚持。

那么如何去坚持做一件事情？我给大家分享一下我自己用过的有效方法。

第一，明确某件事情对我们的好处或者意义。

比如，每天坚持跑步能够锻炼身体、增强体质；每天坚持练习英语，可以帮助我们更好地升学或者是找工作；每天坚持写作，可以获得稿费；每天坚持早起一个小时，可以增加我们的工作时间……

明确一件事情对我们的好处或者意义是什么，我为什么要去坚持，我怎样才能够坚持下去，把这些问题想清楚，再去行动会更有动力。

第二，计划的难度应该循序渐进，养成一个从易到难的习惯。

很多人喜欢一开始定目标时就挑战难度大的，比如每天背 300 个单词，每天跑 10 公里，每天坚持写 2000 个字，对于刚开始做这件事的人来说，难度一大就很容易放弃。与其让自己一开始就遭受很大的痛苦，不如先慢下来将其养成习惯，从简单的入手，逐渐增加难度，循序渐进。

第三，寻找互相监督的优质小群体，设立奖惩制度。

在坚持这件事情上，大多数人的意志力并不强，只有少数人能够在一个人的状态下，坚持不懈地做一件事。而大多数人很容易受到外界的干扰而中途放弃。

如果你的意志力不够强，那么我建议你去寻找一个能够相互监督的优质小群体，比如线上的早起打卡群、英语打卡群，通过网络的打卡来实行互相监督，设立奖励与淘汰机制，在一定程度上能够激发自己的斗志。

也可以加入线下打卡群，比如每日晨跑、夜跑的群体，定时相约跑步。当然，线下的话最好是和熟人一起相互监督，也同样设置奖惩制度，效果会更好。

第四，拒绝拖延症，必须做到每日事每日毕。

很多人在坚持了一段时间后没有继续再把事情做下去，几乎都是由拖延症导致的，克服不了懒惰的心理，会让人的斗志丧失殆尽。所以，我建议大家一定要做到今日事今日毕，没有那么多"今天"等你浪费。

有时候，你离成功或许只有一步之遥，只要再坚持一下，你就能取得想要的收获。没有谁的成功是一蹴而就的，只有坚持不懈地努力，你才能取得想要的收获。

做淡定的一小撮，而不是狂热的大多数

01

去年年底，我回家过年，下了火车在等公交车的过程中，突然来了一位 25 岁左右的姐姐向我推销艺术照。

虽然我一直想抽空去拍一套艺术照，但即将过春节，实在没有时间，于是我委婉地拒绝了她的推销，并表示公交车马上要来了，我得赶回家。

她立马对我说年底做活动，这一次报名会享受前所未有的优惠价格，只限前一百名，而且还会赠送大礼品。一谈到优惠，我突然有了兴趣，便向她咨询具体的内容。

价格方面我觉得很合适，但还有几天就要过年了，我担心自己根本没有时间去拍摄。正在我犹豫之时，姐姐又对我说："这次优惠活动名额有限，机会实在难得。"

我想都没想就把名报了，并缴纳了一百元的订金。刚交完钱，公交车就来了，我拿着她给我开的预订单看了看，突然就有点后悔了，因为这只是商家做的促销活动，商家正是抓住了大家着急又爱贪便宜的心理。

果真如我所料，仅有的几天休息时间，又要陪伴家人，又要参加朋友婚礼，根本就没空去拍艺术照。所以当初交的100元钱根本就是打了水漂，我莫名为当时白花的钱而感到心疼。

有时候自己明明已经猜到前方可能会有陷阱，但依旧愿意走下去，所以，当我们遇到着急的事情时，要冷静分析其中的利与弊。只有保持冷静，才会尽可能不造成损失。

02

这让我又想起了另外一件事。

高考毕业后，我和朋友一起去找暑假兼职，当时满大街都是找工作的大学生，我们不管是见识上，还是经验上，根本没有任何优势。找了两天工作，走遍了大街小巷，但凡门口有招聘牌的，我们都会上去问一问，但总是被拒绝。

这时，我在兼职群里看到一则暑假工招聘启事，工作是加多宝凉茶促销员，地址正在重庆的某商圈内，面试过后即可入职。我和朋友终于看到了一点渺茫的希望。

第二天一早，我俩早早就前往地址上的公司面试，看见来来往往的人里有一些学生，有的正在参加面试，有的正准备离开，他们的脸上都没有太多的表情。

我和朋友越来越质疑此公司的可靠性，但还是硬着头皮排好队等待面试，面试官似乎猜到了我俩的疑惑，便一直对我们进行洗脑。她说现在找工作很难，有很多大学生都还没有找到工作，对我们高中毕业生来说更是难上加难，希望我们能够珍惜这次机会。

我和朋友也意识到了找工作难的问题，于是按照她的要求纷纷掏出了五百元钱报名，希望面试官赶快为我们安排兼职工作。

等我俩交完钱后，面试官叫我们回家等通知。

我们回家等了一周后，公司还没有给我们介绍兼职，我打电话催了好几遍后，负责人才给我们安排了一个酒店兼职的工作，辛苦干一天就只有50元钱，还不够抵交上去的报名费用。

后来我们才知道，其实那就是个中介公司，只是打着兼职招聘的幌子收取大家的费用，被忽悠报名的人那么多，但兼职岗位却少之又少，我们怎么可能不亏。

我们本以为可以靠兼职赚钱，没想到却被别人利用了。这件事告诉我们越着急的事情，越要冷静思考。

03

《爱情公寓》是一部广受喜欢和追捧的电视剧，我记得刚播出的那几年，周围的小伙伴都在追这部剧。

在这部剧中，我曾看到这样一个情节：

有一次，关谷与悠悠去看房，在和销售人员沟通之后，关谷觉得房子各方面的条件不是很好，还可以再考虑考虑。销售人员见此情况，立马走到一旁接起了电话，大声而又激动地说："什么？你要预订三套，好好好，我马上就过来。"

关谷和悠悠见此情况，再也无法冷静地思考，这时销售人员又对他们说："不好意思两位，我们只有最后一套房了，如果现在签合同，我们还能有大优惠。"

关谷和悠悠不假思索地说："我们要。"于是，花了不到两分钟的时间，就将合同签了，还付了首付。

这时，销售露出了一个大大的笑容，他只是随便用了一种方法就让他们立马着急去交钱。关谷和悠悠也喜笑颜开，觉得自己捡了便宜。而这楼盘，处于交通不便的郊区，什么大优惠都弥补不了冲动之下酿成的后果。

虽然《爱情公寓》里面的故事都带着一些幽默感，但幽默背后传递给我们的恰恰是值得思考的问题。

从前，有一个劫匪劫了一群人，让大家排队交钱，第一个交一百，第二个交两百，第三个交三百，以此类推。

于是大家纷纷排队，第一个人交了钱后得意扬扬地说："看，哥只交了一百元，比你们都少。"最后，大家争前恐后地交钱，连反抗都给忘记了。

每个人都在心里计算着自己占了多少便宜，却没有想过事情的本质是："我本可以不用这样。"现在有很多人，越在紧急的情况下，越会做出一些错误的决定，事后才会觉得后悔。

我们一生中会遇到很多紧急的时刻，大到关乎一个人的生命、前途与幸福，小到影响一个人某一时刻的心情。这都与我们的性格息息相关，一个人是否理智，也恰恰是从这些方面反映出来的。

不管什么时候，先不要着急去做什么，而是让自己先冷静下来仔细分析其中的利与弊。越是着急的事情，越要保持理智。

要面子会变美，但死要面子只会活受罪

01

我曾经是一个特别害羞，特别要脸面的姑娘，大学以前都过得挺失败的，没有漂亮的成绩，也没有流利的口才，更缺乏最起码的自信。

朋友建议我去参加学校的比赛，我觉得自己能力不行，害怕失败而摇头拒绝了。

她们邀请我一起去学习溜冰，我害怕别人看到我摔倒的丑样，我拒绝了。后来她们又叫我去参加社团活动，我因为性格内向，不愿意和大家打交道，于是又拒绝了她们的好意。

有时候我甚至会看到朋友们的失败而为自己的保守暗暗高兴，心里想着："幸好我没有去试，我就知道我不会成功的。"那时候的我啊，为了脸面活得又累又不自在，还甚是无趣。

很多事实证明，害怕丢脸面的我，过得并不快乐，甚至常常处于纠结、愧疚、后悔的情绪中。

每次看到她们在溜冰场自由自在地滑行时，我开始羡慕起她们来，并且后悔当初没有和她们一起去学。

每到社团开展活动时，朋友们在舞台上又唱又跳，而我只能默默一个人在下面坐着看着她们表演。

其实，我也挺想展现自己的，可是因为我害怕失败，更害怕别人的嘲笑，我的生活一直过得很郁闷，甚至是索然无趣。

直到我在书上看到这样一个故事：

去年夏天，我想去游泳，顺便把妈妈叫上。

我妈说："我这么胖，穿着泳衣，别人看着多丑啊！"

我说："别人哪有时间来看你啊，看那些年轻姑娘都来不及呢！"

是啊，我本就是普通的人，每个人都有自己的生活要过，都有自己的关注点，身边还有那么多闪闪发光的人，谁会花时间和心思来注意我。

02

很多时候，我们会让自己置身于一个幻想的世界里，总觉得台下会有千万观众在关注着自己，害怕出错遭人嘲笑。所以大多数人宁愿藏着掖着也不愿意去尝试，去挑战自己。殊不知，我们已经被自己所谓的脸面给拖累了。

想通这点之后，我仿佛是重获了新生，瞬间觉得动力满满，什么事都想去尝试尝试。就算失败了又怎样？人生总要经历大大小小的失败，只要脸皮厚点，我还可以从跌倒的地方爬起来再继续前行。

上了大学，我反倒一副天不怕地不怕的样子，无论是学校哪个组织招新，我不管能不能选上，都一定要去凑凑热闹。

学校举办活动，我积极参加，尽管很多时候并没有得到自己想要的结果，但我的胆量却提升了不少，脸皮也厚了不少，这就是我最大的收获。

我由小干事成功升职为部长、社长，从以前上台讲话磕磕巴巴到如今的顺畅流利，这时，我知道我已经成长了。

没想到不再那么在乎脸面以后，得到的反而更多，比如奖项、技能、赏识，随之都慢慢来了，更重要的是，当自己变得越来越有趣时，遇到的人或事也都变得有趣起来。

曾经，阴霾布满我的天空；如今，因为自己放下所谓的脸面，我的天空忽然变得晴朗起来。我突然觉得不那么在乎脸面，努力去做自己想做的事情是一件很幸福的事情。

03

有心理学家多年跟踪一批学生，发现最后最成功的那批人，不一定是最聪明的，也不一定是家境最殷厚的，而是那些"脸皮最厚"的。

这些人在学生时代，胆子大，爱跟老师争辩，动手能力强，喜欢被人关注。最关键的是，搞砸事情后，他们脸皮"厚如城墙"，即使被批评，也从不垂头丧气。

我有一位学长，现在在保险公司上班，在四线小城市里，每月拿着过万的月薪，业绩每月都是第一，年底还有一笔不菲的年终奖，出来工作三年，已经在城里买房安了家。

公司老总叫他给员工们分享经验，他就重点说了一句话："做销售就是拼脸皮，脸皮越厚，成功的概率越大，要扛得住拒绝，经受得起失败。如果你脸皮薄，那就趁早改行。"

这时候下面有员工小声嘀咕了一句："别人不买就不买，我还要自尊呢，为什么非得三番五次去缠人家。"

自尊没有错，但有时候过于自尊只会让自己处处碰壁，要学会适当妥协。如果一个人太看重自己的面子，未必就能换来别人的尊重；只有将自己的面子放下，才会有人看重你。

李嘉诚说过，当你放下面子赚钱的时候，说明你已经懂事了。当你用钱赚回面子的时候，说明你已经成功了。当你可以用面子赚钱的时候，说明你已经是人物了。当你还停留在那种只爱面子的阶段，说明你这辈子也就那样了。

04

我身边也有一些过于看重脸面的人。有的人出于性格原因，不敢和别人交流，不敢自然地表达自我。

上学的时候不敢主动回答问题，工作的时候不敢主动和别人打交道，脸皮薄到被人拒绝一次就恨不得辞职走人，内心太脆弱，注定在职场上混不下去。

如果你现在还被这样的问题困扰，不如试试以下的方法：

第一，别把自己看得太重要，并没有人时刻关注着你。

很多人在表现自我的时候，很容易想太多，比如别人在关注自己；比如害怕自己表现不好，别人会嘲笑自己；比如不允许自己出现一点差错……

很多人之所以不敢勇敢、自然地表达自我，是因为害怕自己出丑而破坏了自己在别人心中的形象。总是在意结果，往往会忽略掉过程。

你放心，根本没有多少人在关注你，更没有人会取笑你，大方自然地表现出自己，就算是出点糗也没关系，别把自己看得太重要，每个人都只是其他人生命中的过客而已。

第二，培养自信，多在心里暗示自己其实并不差。

有的人由于缺乏自信，所以在和别人交流，或者是在众人面前表达自我的时候，容易眼神飘忽不定、神色慌张、表达不流畅，建议多在内心给自己打打气，多给自己一些鼓励。

你要相信你并不差，每个人多多少少都会有一些胆怯，但我们依旧可以通过克服心理障碍让自己变得越来越好。相信自己，多给自己一些力量，不要有太多的顾虑和太多的束缚。

第三，多参加一些活动，多找机会锻炼自己。

很多人胆小、脸皮薄是因为参加的活动太少，得到的锻炼太少，导致自己不敢勇敢地表达自我。

像我在大学以前根本不敢主动举手回答问题，上了大学后经常参加一些活动和比赛，在一次又一次的锻炼中练就了厚脸皮，不再玻璃心，不再轻易害怕失败。

多找一些机会锻炼自己，比如参加交流会、公司活动或者是一些网络分享会。在活动中锻炼自己的表达能力，提高自己的自信心。

有个段子一直很流行："大家根本不用担心，这个世界不属于'90后'，更不属于'00后'，世界只属于脸皮厚……"就如蔡崇达在《皮囊》里所说："皮囊是拿来用的，不是用来拖累的。"

不要因为害怕丢脸，就让自己错过了很多美丽的风景，其实脸皮厚一点，人生才会更加有趣。

Part

4

不是你不够努力，
而是优秀的人太拼命

环境只是借口，努力才是策略

01

我大学主修的是专科层次的师范专业，我们入学的那一年，学校还有最后一届师范类的中专生，她们的专业以学前教育为主。她们初中毕业后，就到了这所学校读书，几乎百分之九十的学生都会继续在本校读大专。

升入大专后，她们只需要再读两年就可以顺利拿到毕业证，然后当一名月薪 2500 元左右的幼儿园老师，兢兢业业做好本职工作就好。这样看来她们未来的路会很平坦，只要自己不太过于懒惰和自满，事业上不会有太多的坎坷与困难。

正因为大多数的学生抱有这样的思想，她们以为自己还年轻，她们以为未来会顺利，所以丢失了勤奋、刻苦、好学的好品质，学校变为了她们谈情说爱、八卦追剧、睡懒觉的场地。

她们的成绩一届不如一届，整体情况很糟糕，有的学生连英文字母都不会读，学习基础很差，一点也不努力。老师们纷纷说这是他们带过的最糟糕的一届学生，就连我们这些经历过高考的学长学姐，也纷纷吐槽这是我们见过的最懒的学生。

02

在我大二那年，学校为了提高中专生们的学习效率，帮助她们改掉一些不好的习惯，便从大二的各个专业里挑了几名优秀的学生去担任辅导老师。

我被选为英语老师，每周负责上两三节早自习，周末上两节辅导课。早自习通常是六点五十分开始，我每次都会定好六点的闹钟，花十五分钟洗漱，再花二十分钟练普通话，然后就去教室上早自习。

早自习有一半的学生都在打瞌睡，她们会把书立起来，装作在读书的样子，以为这样就可以骗过老师，但其实是在欺骗自己。

就在这样一个整体慵懒的环境里，有一个女孩引起了我的关注。很多同学都是在上课前几分钟才赶到教室，而她却每次都提前二十分钟到教室，等同学们都来时，她早已背了几篇课文或者做了几道数学题。

我很欣赏她的努力，不过她是一个不太好接触的女生，我好意和她聊过几次，但她都表现得很冷漠。

有一次英语考试她考了全班最高分，我想请她上台来给大家分享一下学习技巧，没想到她却有些不在意这次的成绩，拒绝上台分享。

我试探地问："你怎么了？为什么不愿意上台来分享呢？"

她有些不好意思地对我说："陈老师，这次我的成绩太差了，我不想上台分享技巧。"说完，她瞬间恢复了高冷的气质，在大家看来，她似乎对这次的成绩感到不屑。

周围有好几个女同学发出了"切"的鄙视声，一个女学生对我说："陈老师，她每次都这样，明明已经是全班第一了，却总说自己考得差，真是看不起我们这些人。"顿时，周围嘀咕的声音越来越多。

我连忙用手势示意她们别嚷嚷，然后转身对她说："没关系，如果你觉得这一次考得不好，那接下来一定要找出自己没考好的原因，下一次才会考出理想的成绩。"

她点了点头，平静地坐在座位上。而周围依旧是那些看热闹的同学，他们似乎把她的伤心和不甘都看成是她耍的小手段，看成是她想要出风头的小伎俩。

在这一刻，我突然觉得她很孤独，因为没有人能够理解她，周遭一切都是她所不想承受的质疑与不屑。

03

后来，她以年级前几名的成绩考入了本校的大专，成功考取了学前教育的免费师范生，不仅不用交学费，而且学校还会补助生活费。这时依旧有些同学嘲笑她说："不知道为什么要那么努力，到头来不还是一样的结果吗？我们还不是在同一所学校上课？"

在大多数中专生看来，努力和不努力结果都是一样的，明明知道过程很辛苦，为何还要自讨苦吃呢？就算有免费师范生的诱惑，也不足以让她们去努力争取。因为在大多数人看来，她们并不需要，她们并不稀罕国家补助的学费和生活费，因为她们过着衣食无忧的生活，有什么难题父母都会替她们解决。

每当她听到这些话时，总是神情冷漠，我知道她表面上不说什么，但内心一直知道自己想要什么。

一转眼，她们走到了毕业的十字路口，我带过的学生开始恐慌起来，那段时间频繁找我聊天，目的都是想从我这里寻求一个不错的建议。但我还能给出什么更好的建议呢？毕竟不努力根本没资格谈选择。

后来，我听她们班上的同学说，她在大学表现很优秀，不仅在很多大型比赛中获奖，还拿了国家奖学金；毕业前签了家乡的一个公立幼儿园，成为定向师范生，薪资可观。

04

有一天晚上，我正在赶公司的文案稿，手机突然响了，没想到她竟然主动来找我聊天。

她问："陈老师，你在忙吗？我想和你聊聊，不知道你现在有时间吗？"

要知道以前她是特别高冷的，这下她却主动找了我，突然很想知道她到底想和我聊些什么。于是我在键盘上敲下这样一行字："嗯，我有时间。"

没想到她接着说了一句让我感慨万分的话："陈老师，我真的要谢谢你。"这一声突如其来的感谢让我感到有些心虚，还有些愧疚，毕竟我以前一直觉得她很高傲，高傲得不容任何人靠近。

通过一个小时的聊天，我知道了她的故事。原来她并不像平日里看上去那般高傲，而我，刚好用自己的柔软打开了她的心扉。

她是一个家境贫困的农村女孩，靠政府的资助上学。因为贫穷，她有着极强的自尊心，受到的冷眼和嘲笑多了，她便在自己周围树起了一道屏障，刻意变得冷漠，刻意不交朋友，刻意不融入别人的小集体。

这样的自卑我很理解，大多数人的青春里多多少少都有一些自卑，我们容易将自己置身于高空中，因为害怕往下看，所以只能壮着胆子往上看，内心却一直没有安全感，总担心自己哪天就摔了下去。在没有办法的情况下，就只有硬着头皮继续往上走。

她在聊天快结束的时候告诉我，接下来的三年时间她会好好工作，会努力存钱给家里建新房子，供弟弟上大学。协议期一满，她就会去考研。她还说，虽然自己喜欢教育这一行业，但她还有很多梦想没有完成，她想努力去追求、创造更精彩的未来。

虽然我并不清楚她为何要放弃稳定的工作去考研，但我支持她的决定，因为每个人都有权利支配自己的人生和生活，何况生活不会亏待努力的人，只要踏踏实实往前走，未来就能拥有无限可能。

这时，我再看那些经常混日子、聊八卦的学生，她们却还在考虑下一份面试是在什么时间、什么地方。当然，我绝没有嘲讽的意思，我只是感叹那些自己不愿努力却鄙视别人努力的人，到头来反倒是鄙视了她们自己。

有的人总喜欢用"身处的环境差"之类的话来为自己找借口，但你有没有想过，如今这样的环境是当初你自己选的，因为你别无选择。而之后，你又继续堕落，还嘲笑别人的努力，你就再一次错过了重新开始的机会。

有的人明明在考试前没有努力复习，考试成绩不佳，却喜欢推卸责任，要么怀疑优秀的学生作弊，要么就是责怪题目太难。

有的人明明在大学没有好好学习专业知识、提高自己的专业能力，却在毕业时怪社会太现实，怪别人有关系。

有的人明明在工作上混吃等死，看到同一批进公司的同事升职，却认为是领导不公平，讽刺同事会耍心机。

我们总喜欢去贬低别人的努力，试图以此让自己获得精神上的快感，其实这是最愚蠢的想法，这不过是一而再再而三地麻痹自己罢了。毕竟，你当初给生活什么，生活到时候也会还给你什么，上天是公平的，而时间更是公平的。

有人说，人不会苦一辈子，但总会苦一阵子，许多人为了逃避苦一阵子，却苦了一辈子。而努力，也绝不是说着玩的，它应该成为每一个人应当具备的品质。

如果前方无光，请为自己寻找光亮

01

很多时候，我们在人生之路上走着走着就找不到出口，也看不到光亮了，于是内心充满了慌张与迷茫。我们仿佛被无奈感拖住了前行的脚步，不知道下一步该如何走，更不知道未来会怎么样。

或许每个人都会面临这样的时刻，有时候会陷入自我怀疑和自我否定，但只要你选择的方向没错，就算是前方无光，请记得也要为自己去寻找光亮。因为黑暗不久之后，就是黎明。

前两天，当小学老师的朋友跟我讲，她现在每天不是忙着上课，就是忙着备课，嗓子不是已经沙哑，就是处于快要沙哑的状态中。学生不懂事，上课总爱做小动作，学校事情多，三天两头开会，忙起来的时候，连饭都吃不上，她感觉工作特别辛苦。

大学毕业后，她留在了当地城市当一名代课老师，教小学一年级语文。初为人师，遇到感动的事情多，但是，遇到心酸的事情更多。

她工作的小学处于城乡结合，班级里学生的家庭情况各不相同，有的学生家长平日忙于务工，一遇到什么问题就会来质问老师，或者找老师的麻烦。每次给学生编排位置，都会让一些家长心生不满，甚至三番五次打电话来质问，或者找上级领导要说法，家长做不到理解老师。

更令人担忧的是，她整天都很忙，根本没时间准备公招，哪还有希望尽快当上一名正式的老师，这让她觉得前路无光。

说完，她叹了一口长长的气说："唉，好累啊，一想到接下来几十年都要在这样的状态下生活，我就有些欲哭无泪，但一想到我公招都还没准备，我就更想大哭了，因为我可能连一份正式的工作都没有。"

我安慰她，再难的日子，只要挺过去就好了，向前走，前方自有光。

困难无光的时候，我就会给自己打气；怀疑人生的时候，我也会给自己打气。前路漫漫，总得给自己找点光，即使是心中那微弱的信念，也能支撑你一直前行。

02

我刚上班那会儿，老板要去一所大企业给员工做培训，有很多领导会来听这场分享，还会有记者来录像，所以这件事引起了老板的极大重视。

由于时间紧迫，他要求我在三天之内做完 PPT，并且要求内容生动幽默，幻灯片至少要 40 页以上。我当时觉得自己只是一个实习生，心理有些不平衡，为什么不叫其他同事做 PPT，非得叫我做。

我对于做 PPT 并没什么好感，这时候我特别后悔大学没有好好学习这方面的内容。我心里面只有一个信念："就算再难，我也要把它完成，我不能让老板对我失望。"

我花了一个下午收集资料，用老板的培训稿作参考，在多次折腾下总算做好了，发给老板审阅的时候，他只默默回了我三个字："重新做。"然后，又打过来一行字说："还没有达到我想要的效果，不够幽默风趣。"

第二天我又去收集相关段子、笑话，又去网上下载了很多表情包，自己一点一点加工成想要的文字内容，也下载了很多有趣的音频，重新开始做 PPT，那天晚上我回去加班到凌晨三点多，终于做好了 PPT。第二天我将文件发给老板，他觉得很满意，那一刻，我感到莫大的心安，也受到了很大的鼓舞。

毕业后，我明显感受到了自己的心态和在大学时完全不一样了。在大学时但凡遇到一点困难，我就恨不得到处嚷嚷让所有人知道自己有多么不容易，但毕业后我几乎将情绪全都隐藏起来了，自己去消化、去解决。

不是因为我们心里不苦，而是我们知道就算是再苦也没有人能够帮你，如果我们连面对挑战和困难的决心都没有，那怎样才能证明自己对公司有价值呢？无论何时，都要多给自己一些希望和力量，这种力量来自你的自我激励。

03

就在上个月，公司谈了一个与新媒体相关的合作项目，由于公司之前还没有过的合作项目，而我对新媒体又稍微熟悉一些，于是老板又把这项光荣的任务交给了我，再次让我欲哭无泪。

我只是一个做公众号的小作者，哪儿认识那么多客户和老板。没办法，我只得自己一个一个地去找，找作者朋友们咨询和帮忙，每天都在思考下一步该怎么做，取得的成效怎么样，怎样才能更好地合作和推广，就连睡觉时，满脑子也都是这些想法。

一天中午，我找到一个合作的公众号作者，那位姐姐很热心，我和她很愉快地谈成了合作。那一天我的心情极差，因为感觉压力太大，前面的路不顺畅，感觉生活艰辛、工作辛苦，所以控制不住自己的情绪，在外面阳台哭了起来。

当时姐姐来和我谈合作的事宜，我一边哭一边和她谈，等谈好了，我才告诉姐姐说："刚刚我在哭，把这个合作谈成了，我瞬间就开心了。"

后来，合作进行得越来越顺利，我提前完成了任务，总算是松了一口气。因为这两件事情，老板破格让我提前转正，工资也比实习时多了一半，为这我高兴了好几天。

刚开始接手任务的时候，我很无奈，也很绝望，总感觉自己一定完不成这么困难的任务，但当自己一步一步去做过之后，才发现在这个过程中，我的进步很大，沟通与协调能力有明显的提升。

每当遇到困难的时候，我就会去看看那些励志故事，给自己加油打气。不停留在原地，继续向前走，才是最大的进步。

04

中午有一位大二的学弟找我咨询问题，他问我："学姐，我们学院要组织一场活动，部长叫我们每个成员都写一份策划书，可我不知道该怎么写，学姐，你以前是策划部的，可以给我讲一下如何写策划书吗？"

当时我很忙，只回了一句："你可以去百度，我一两句话也说不清。"

我以为这样说已经很清晰了，没想到他死缠烂打叫我帮忙，但我还是拒绝了。如果是一些写作、运营上的小忙，我肯定帮，但类似这样写演讲稿、做策划指导的事，我一概不帮。

最后，学弟有些怪我不通人情，我只回答了一句话："凡事还得靠你自己，未来才会走得更远。"

在学校时，你总是对别人抱有希望，没钱了可以找家里要，遇到困难了可以找同学、朋友帮忙，而出了社会，工作上的难题，你得想办法自己解决，即使前方迷雾重重，也得自己向前走。

生活中，我们总会遇到大大小小的困难，总会走过一个又一个黑暗无光的地方，每当你觉得无法战胜这些困难的时候，不妨告诉自己这句话："向前走，前方自有光。"每个人都应该做自己生活里的灯塔，学会在黑暗中给自己寻找光亮，不断给自己机会，不断给自己信心，去迎接黎明的曙光。

天生励志比天生丽质更可贵

01

朋友小西读的是专科层次的会计专业，最近在进行专升本的封闭式训练，还有两个月的时间，她就要进行专升本考试了，这个考试，和高考一样让人紧张。

小西压力很大，昨晚和我聊了几句。她说自己很没有把握，家人对她抱有很大的希望，拿钱给她报培训班，支持她继续提升学历，就是希望以后她能够找一份好工作。

可是专升本的竞争压力大，成败都在此一举，不像高考失败了还可以选择复读，这让很多人都为此胆战心惊。

我听她说，自从报了专升本后，她基本每天都早上六点半起床背书，上完课后就拿着书往图书馆跑，一坐就是好几个小时，直到晚上要闭馆了才回宿舍洗漱，紧接着又在床上支起台灯和桌子，戴上耳机继续学习，学到十一点半才睡觉。

她非常努力，就是想未来的自己能够更有底气一点，不管是在求职还是在找对象方面，她都不想让低学历成为自己的羁绊。但她还是忍不住感叹，要是自己高考前有这么努力就好了，直接上一所本科院校，就会少很多烦恼，不用纠结要不要专升本，不用担心专升本能不能考上，也不用担心自己会不会因学历不够而造成就业受局限，更不用担心以后的发展会怎么样。

我安慰她："现在我们要承担的结果都是以前不努力带来的，而现在的努力，只是为了以后让自己有更好的选择。别让以后的自己再来埋怨此时此刻的自己没有好好努力。"

02

高考完，我在一家电话营销公司上班，隔壁桌是一位小姐姐，因为长了一张娃娃脸，所以看上去和我年纪相仿，但她已经本科毕业一年多，目前是这家公司的正式员工，每月拿着4000元左右的工资。

因为大学没把心思放在学业上，只顾着谈情说爱，所以浪费了很多大好的时光，她出来找工作碰了很多次壁，累过、哭过、无助过，但还是没找到心仪的工作。后来她在别人的推荐下干着电话营销的工作，正打算做完这份工作后就辞职回家专心考研。

她告诉我，她学的是心理学专业，本科就业面很窄，大多数人都是选择读研，毕业后出来当个老师，或者当一名专业的心理咨询师。她想自己以后开一个心理咨询室，圆她小时候的梦想。

当时，我准备离职回家复读，她准备离职回家考研，我们拿着自己的物品，一起走出办公室，一起走出大楼，一起去乘坐轻轨，她往东边，我往西边。

在分离的时候，她温情脉脉地对我讲："妹妹，大学里要好好努力，不要白白浪费时间，多去找点事做，以后你会感谢你那段时光的。"

我点点头，答应会好好努力，并真心希望学姐也能够考研成功，圆了自己心理开咨询室的梦想。虽然我知道对于一个普通人来说，开咨询室并不容易，但我还是真心祝愿她可以早日实现愿望。

后来，我们各自忙着，联系渐少，我只知道她在重庆主城租了一个小房子，每日都在看书刷题、准备考研。

家人并不支持她考研，因为家里经济条件不好，弟弟还在上小学，父母想她早点工作，能够帮家里分担一些压力，而不想她再继续折腾深造。但她不想就这样随便找一份工作，而是想奋力拼一把，赢了皆大欢喜，输了也当是丰富人生经历罢了。

为此，她承诺考研期间，以及考上研究生后的所有学费、生活费都由自己来负担。她目前所有的开销都是之前上班存下来的，生活过得很清苦，就连大热天都舍不得开空调，就是害怕电费太贵了，自己承担不起。

我听从了她的建议，在大学里尝试参加了很多活动，开始写文章、做公众号、做兼职，慢慢发现了努力的意义，找到了自己喜爱的东西和努力的方向。没有付出，没有经受过一番困难，就不要想着理想会自己实现，成功会自动到来。

03

考研前一天，我默默发了一条消息给她："学姐，加油，越努力越幸运！"

她一直没有回复我。我知道她是害怕大家对她寄予厚望，到头来换来的却是失望，她害怕失败，而我们每个人都不例外。

后来考研成绩出来，她成功过了初试和复试，如愿考入自己理想的大学，她高兴极了，在朋友圈开心地分享自己的好消息。

她给我发语音的时候，明显听得出她刚刚哭过。我知道，她太不容易了，顶着所有的压力，就是为了坚持自己的理想。

她的学费、生活费全都靠自己做家教、做兼职挣来的，她不想为了自己的理想给家里增添太多负担，她宁愿自己过得辛苦点、累点，也不忍心看着年过半百的父母还在为她奔波、忙碌。

前不久和她聊起各自的生活，原来她已经和朋友一起成立了一家小小的线上咨询室，她离梦想越来越近了，我真心为她感到高兴。看吧，自己的理想实现不了往往并非外界的原因，如果自己不去把握、不去争取，理想将永远实现不了。

最近我在实习，白天要做很多事情，杂事一堆，下午下班回家后，开始花半个小时做饭，收拾完后，我赶紧拿出电脑开始写稿子、排版，每天还会花上一部分时间来回复大家的消息，真恨不得有三头六臂。

那段时间又刚好在准备本科学段的考试，每天还得写实习日志，做毕业设计。经常忙到半夜才睡觉，窗外的车流声音也小了不少，每每到这个时候，会觉得自己有些辛苦，也有些疲惫，但我心里却无比踏实。因为我的每一次付出，都是在给我的未来做铺垫。

04

毕业后，我从事了与文字策划相关的工作，我不是一个善于交际的人，所以和公司的几位年轻同事一直保持着平淡的关系，没有刻意去拉近彼此之间的关系，也没有刻意疏远他们。

当大家在一起八卦的时候，我在用 kindle 看书；当大家在空余时间各自玩手机、刷抖音时，我在绞尽脑汁修改策划案；当大家到点就下班后，我还在处理工作上的事情；当大家周末出去到处玩的时候，我在写文章更新公众号。

同事们不止一次问我，每天为什么要那么拼？年轻不就应该好好享受和挥霍吗？

我笑着回答："20 多岁的我，在为以前自己的行为后悔，我不希望到我 40 岁的时候，又来为 20 岁的我后悔。"

同事听完一脸疑惑的样子，但我很清楚自己在说什么。如果此时此刻还不努力，未来的我肯定会如同现在这般，迷茫、焦虑、忙碌、不知所措。

当你读书时，你明明知道学历的重要性，却不去努力争取；当你毕业后，你明明知道努力工作的重要性，却不去好好表现；当你的生活面临着巨大的压力时，你明明知道自己是时候做出改变了，却总是在一个又一个借口下放弃。

很多年轻人，总是把希望寄托给明天和以后，却没有在当下这一刻做出努力。总是等时间和机会溜走了，才来后悔当初没有努力，感叹生活的辛苦，却偏偏忘记了现在的所有努力都是在为未来做铺垫。

活在当下，努力拼搏，虽然辛苦一点，但是我们能够获取底气和自信。现在多努力一分，未来就轻松一分，一路跌跌撞撞走过来，希望我们再回首时，看到的是欣慰，而不是遗憾。

向钱看，向厚赚，向往的生活

01

如果你没有经历过经济拮据的生活，或许你就不知道钱有多么重要；

如果你没有经历过家人生病，或许你不知道没钱是多么令人心酸和无奈的一件事；

如果哪天，你突然发现自己赚钱的速度赶不上父母老去的速度，或许你才会发现时光的无情；

我们努力地赚钱，既是不想让自己变得无能为力，也是为了在面临抉择时有底气。

2019 年 1 月底，我选择辞职，开启了自由职业者的生活。和朋友外出旅游几天后回到了我的老家，每天早上 8 点钟起床，吃完早饭开始看一会儿书，接着处理一些工作上的事情。下午吃过饭后，开始坐在电脑前写文章，晚上 11 点左右睡觉。

我的家庭并不富裕，小时候别人有一元的零花钱，而我只有五毛；别人每年都会买好几套新衣服、新鞋，而我只有一两套，穿上新衣服时我连睡觉都舍不得脱下。

上了大学后，我的学费和生活费几乎由自己挣的，拿了两次国奖，写作兼职更是让我获得一笔不错的收入，有时还会存钱寄给家里。

因为我过过穷日子，所以我更懂得赚钱的意义。说实话，我特别享受经济独立的生活，我从大二开始完全实现经济独立。我学会了记账，每月都会将自己的收入与支出一笔一笔记录下来，等年底的时候会细看自己一年的收获。

比起身边的同龄人，我更能够享受到经济独立所带来的自由与满足，无论是买电脑、买 kindle 还是给家里打钱，只要我觉得有需求，就不会产生太多的顾虑，这就是赚钱的意义。

一个人成长最大的标志就是，懂得理解父母赚钱的艰辛，能够凭自己的能力去赚钱替父母减轻压力，有能力应对危机，有勇气做出选择。

02

赚钱这个话题，在有的人看来很俗，但对于有的人来说一点也不俗，因为经历过没钱的日子，所以他们深知这种无奈与无助感。

我身边有很多同龄人早早就实现了经济独立，她们不会去依附任何人，也不会将自己一直置于一个狭窄的空间里，她们会努力向上伸展。

我在大一那年外出做过一些兼职，在此过程中认识了比我大一届的岚岚学姐。热爱主持的她，从高考之后一直在相关的培训班学习，从大一下学期开始做与婚礼主持相关的兼职。

为了让自己多接一些业务，她打印了一沓名片，每次去主持时都会向大家主动介绍、推销自己，当别人需要主持时，往往能够第一时间联系到她。

学了国际贸易专业的她，并不打算毕业后从事与专业相关的工作，而是想在主持这条道路上越走越远，于是花了很多时间和精力去提升自己的主持能力，认识了更多圈内的人。

在她大三那年，她就已经攒够了买房的首付，自己做主在重庆买了一套房。看见学姐在朋友圈晒出的购房合同时，我竟然有一种想哭的冲动。

当我将这个消息分享给我身边的朋友时，有的人怀着质疑的态度，觉得她肯定是依靠家里的力量才能早早买房，不然凭借她自己的能力，即便再努力也是买不起房的。

我并没有反驳，毕竟有很多人都抱着自己做不到的事如果别人做到了就一定是依靠了外界因素的心态。

比如，拿到奖学金，是因为和辅导员关系好；找到一份好工作，是因为有关系；某个女孩儿谈了一个有钱的男朋友，那一定是她耍了小手段……如果是抱着这样的心态，你永远不会实现自己的目标。学姐背后所付出的努力，比大家看到的要多得多。

她的家庭并不富裕，甚至算得上有些贫穷，父母都是本分的农民，家中还有弟弟妹妹需要供养。都说穷人家的孩子早当家，学姐早早地就为家里扛起了一份责任，当然，说不辛苦绝不是真话。

在有的人眼里，贫穷是一件特别难以启齿的事情，与其每天去埋怨父母不能为自己提供什么，不如自己动脑动手去赚钱。

努力赚钱的人，他们可以掌控自己的生活，他们知道自己想要什么样的生活，懂得如何去努力追求想要的东西，会去不断地充实和激励自己，让自己过上更好的生活。

03

网上有一句特别经典的话："20出头的年纪，脱贫比脱单更重要。"这句话我觉得让人很有共鸣，爱情可以慢慢来，但谋生不能慢。

丹姐是1993年出生的人，今年已经快26岁的她依旧是单身。虽然在大学谈过一场恋爱，但因为逃不过"毕业即分手"的魔咒，于是她头也不回地回到自己家乡开始找工作。

本科毕业的她听从了父母的建议开始考公务员，之后又开始考老师，前后经历了七次失败最终考入了县城一所中学。

前不久，她约我一起吃火锅，我俩面对面坐着，隔着热气腾腾的火锅一边吃一边聊起天来。我俩聊生活和工作，她突然问我2019年的目标是什么。

我笑着回答："2019年我真的只想赚钱啊，只有出了社会后才知道，钱越来越重要。想变美要钱，娱乐要钱，谈恋爱要钱，回家也要钱。"

丹姐听见我这样说，忍不住被逗笑了，她吃了一口牛肉后对我说："你虽然年纪比我小，思想却挺成熟的，看来我俩有着一样的想法啊。工作后再回家过年，没有几千块存款，都不敢轻易回去了，再加上小孩越来越多，连给份子钱都得多几倍。"

我继续问："丹姐，你打算什么时候谈恋爱呢？"

她有些不太在意地回答我："2019 年我也想多赚点钱，我刚当上老师没多久，抓紧时间提高我的工作能力才是主要的，与其刻意去遇见爱情，还不如等待爱情降临。"

我点了点头，非常赞同丹姐的想法。如果你只有 2000 元的月薪，那你的另一半薪资也不会很高；如果你有上万的月薪，那你另一半的薪资也不会低。我身边几乎所有的情侣都是势均力敌的，只有自己变优秀了，你才能遇到优秀的另一半，这绝不是说着玩玩而已。

你是怎样的人，就会遇见怎样的人，包括你的朋友、对手、恋人和贵人，努力赚钱是一种向上的行动，更是一种成熟的态度。

04

还记得小时候的我们总是一脸认真地说："长大后，我们要赚很多钱，给爸妈买好吃的，给爸妈买大房子住。"

人出生的时候，是三角形，身上有很多棱角，随着慢慢长大，棱角就被社会磨平了，久而久之就成了一个圆形。很多人也慢慢忘记了自己小时候的愿望，忘记了自己的初心。

有人说："人生大多数的痛苦源于野心到位了，能力没跟上；欲望到位了，钱没跟上；期待到位了，感情没跟上。"

20 多岁的我们，不知道赚钱有多么重要，总觉得饿不死就行。

30 多岁的我们，开始为家庭各种琐事操心，因为没钱，生活过得拮据。

40 多岁的我们，唯一奢求的就是家人健康，因为拿不出昂贵的医药费。

50 多岁的我们，看着父母气喘吁吁，佝偻着背却还在爬楼，真恨 20 多岁的自己没努力买上电梯房。

越到后面，你越会发现这样一个道理：钱虽然解决不了所有的事情，但能解决大部分的事情。没钱最大的痛苦，不是不能自在地说出"能"或"不能"的选择，而是被逼着去接受生活给你安排的一切。

与其每天浪费时间、虚度光阴，不如去学一门技能，只有当你的收入越来越多时，你的生活过才会越来越洒脱。在该努力赚钱的时候，千万不要贪图享乐，不然现实的耳光会打得你很疼。

与其矫情与自我埋怨，不如好好工作、努力赚钱，只有经济独立了，你才会活得自由。

堕落，让温床变成了坟墓

01

据调查统计，2018 年高校毕业生人数高达 820 万，在面临巨大的就业压力时，很多大学生纷纷后悔大学没有好好努力，将宿舍当成了温床，浪费了太多宝贵的时间。

临近毕业，很多学长学姐实习结束后，回到学校进行论文答辩，整理自己的一切物品。

那天，我刚好碰见一位学长。我刚办完社团活动，准备回宿舍休息，于是停下脚步和他交流了一会儿。

我问："学长论文答辩还顺利吗？"

他摇摇头说："别提了，我有好多知识点都忘了，导师没让我通过，叫我下周重新再来。我毕业设计也没做，大学几年光顾着在宿舍打游戏了，平时完成作业还是临时在百度上抄抄，现在要什么都拿不出来，真是书到用时方恨少。"

他还说教师资格证也没拿到，错失了好政策，现在必须统一参加考试，难度大大增加，自己肠子都悔青了。

我突然想起，自己刚进大学时非常迷茫，我便问学长怎样才能让大学充实丰富。

当时学长不屑地看了我一眼，然后回答道："迷茫就对了，对付迷茫最好的办法就是将自己置身于网络以及游戏世界里，这样保证你就不迷茫了。"

我又问了他关于一些教师资格证、普通话证书的相关事情，他就敷衍我说："我都还没过，你着什么急，我只关心游戏段位什么时候再升一级。"

大学三年，他基本上把所有的空闲时间都浪费在了打游戏上，临近就业，他突然意识到自己是一个没能力、没证书、没才华、没上进心的"一无所有"的青年，他后悔不已。

那时他总觉得大学是用来玩的，而不是用来奋斗的，所以把美好的时光全都浪费在了宿舍里。

后来学长急着要去复印店打印东西，走之前他一脸认真地对我说："大学别把时间浪费在宿舍，就算是出去走走也不要待在宿舍，不然到时候你就会像我这样，会后悔的。"

你把时间花在了哪儿，生活自会在哪儿还给你。

02

我刚上大学那会儿，特别喜欢在宿舍打发时间，一提起去图书馆看书就会特别反感，心想在床上躺着玩手机多好，何必去奔波劳累。

每次打开电脑想写篇文章，谁知网络一自动连接，我就忍不住点进去东看看、西看看。等看得差不多时，时间已经过去一大半了，再回到开始，原来文章还一个字都没写。没了激情，没了动力，就作罢了。

我上大一时，因为一天天闲得慌，于是早早地上床躺着玩手机、看电视。没想到电视越看越起劲，一不小心就熬到了半夜。

后来我发现，宿舍就是大学的坟墓，你越往里面走，越难走出来。因为它真的有太多让我害怕的地方，比如 Wi-Fi 的诱惑、被窝的诱惑。它同样是八卦的主场地，它仿佛是磁铁，你一靠近就会被紧紧吸引，难以摆脱。

03

因为学长的前车之鉴，我们都害怕毕业后一事无成，连工作都找不到，于是大家讨论过后，决定一改以前在宿舍颓废的模样，开始奋发向上。

果然，宿舍人人低头玩手机的现象大大减少。我们早上不再睡懒觉，而是早早起床，一个接着一个走出宿舍去晨读，当我们宿舍的人都走完了，很多宿舍的人还在蒙头大睡。周末我们集体去爬山，去周边小城旅游，去操场运动，去图书馆看书做作业。

正是那一学期的努力，我们宿舍的每一个人都成长得特别快，全宿舍的专业成绩位于本专业前列，被同学们称为"学霸寝室"。

除了成绩上的进步外，我们的综合能力也不断提升。大二结束，宿舍每人手握不下 10 个证书，得到了辅导员的大力赞扬。

现在我们每个人都在朝着心中的目标前进，平时基本都是在图书馆学习，这真正让我们体会到了充实的快感。毕业后，大家也在朝着自己的方向前进，离目标越来越近。

04

其实大学四年是最容易让自己增值的时期，因为时间相对空闲，整体压力不大，能够让自己沉下心花时间去提升自己。如果你把大把提升自己的时间给浪费在了宿舍，觉得为游戏升级，为淘宝、网络贡献流量是一件特别自豪的事情，那大学四年你将会一无所获。

或许你会疑惑，大学我不在宿舍，我还能去哪儿呢？以下我给你推荐几个能够自我提升的方法。

去学习。你的专业知识学扎实了吗？处于什么阶段我们就该做那一阶段的事情，我们是大学生，就应该把学习放在首位。

去图书馆阅读。如果有天堂，那就是图书馆的模样。之前微博上曾发出过一则学霸宿舍的名言："宁愿在图书馆里哭，也不在宿舍里笑。"如果你在大学很少去图书馆，那么这将会成为你大学毕业后的遗憾之一。多看书，多学习，这对你绝对没有害处。

去旅游。读万卷书，不如行万里路。我身边有大学生靠自己兼职挣钱游遍了大半个中国，你也可以尝试做一些兼职赚钱去旅游。行走的途中，你会亲身经历很多不一样的事情，会成长不少。

去交朋友。多接触一些人、多交一些朋友总是好的，因为社会这张网本来就很宽泛，各种各样的人都有，我们可以向优秀的人学习。

去参加社会实践。我们宿舍就是因为在大一的暑期实习中得到了历练，懂得了工作的不易，意识到专业知识的匮乏，所以大二才开始醒悟好好学习，这也让我们成长了不少。所以建议大家在大学的时候，也要多去参加社会实践，在实践过程中，可以了解自己的优势和不足。

大学就像是一座象牙塔，很多身处塔里的大学生根本不了解外面的世界，毕业后你会发现，上大学时最有时间和精力提升自己，因为毕业后工作和生活的压力会超乎你的想象。宿舍是大学堕落的坟墓，我不希望你们一个又一个还接着往下跳。

虚度完青春，然后等光阴来超度你

01

之前我一直被一个问题困扰，每当和那些长辈交谈时，他们总会语重心长地劝告我们年轻人一定要珍惜当下，好好给自己的未来创造机会，不要白白浪费大学里的青春。

那时，我并不明白他们所说的"不要白白浪费青春"是什么意思，我只知道经常有人说"再不疯狂就老了"，于是在上大学时，许多学生心里记住的都是在大学里要玩得开心。

后来我才明白，原来当年纪越来越大时，我们总是容易感叹青春易逝。到底是青春易逝，还是在那些逝去的青春里，我们的生活过于碌碌无为？

一年前，我坐火车到外省旅游，对面位置上坐着一位姐姐，她因为晕车吐得厉害，看上去痛苦不堪。旁边一位二十出头的男生给她递了一包纸，问候两句后，两人便聊起来了。

姐姐是珠海人，初中毕业到了外地工作，认识了现在的先生，便来到重庆定居。夫妻俩有一个可爱的儿子，大约 7 岁，正坐在邻座，他也有些晕车，此时正低着头一言不发。

这一次她带着先生和孩子一同回珠海看望家人。她说自从结婚后，已经十年没有回去过了。她还感叹以前年纪小不懂事，不听父母的劝告好好上学，出了社会才知道知识和学历的重要性。说完，她抬头望了望窗外，叹了口气，恨不得把往事和未来都遗忘。

而那个二十出头的男生是一位在重庆上大学的学生，正乘火车赶往学校开班会。他抱怨学校开学太早，让他年还没过完就得离家返校。

手机的通知声音频繁响起，他拿起来打开查看，鼓着腮帮子，用力地戳着手机屏幕，嘴里念叨着："又是通知！"我猜大概是班级群里正在通知到校的相关事项，因为只有班群才会发出一连串的消息。

姐姐赶紧拍了拍邻座的男人，也就是她老公，惊喜地说道："快看快看，我旁边坐的可是大学生呢，大学生真好。"男人白了她一眼后，又玩起了手机。

姐姐似乎早就习惯了这样的相处模式，丝毫没有受她老公的影响，转过头来好奇地问道："别人都说大学很好玩、很轻松，是不是真的啊？"

男生一副过来人的神情说道："是啊，大学时间很多，而且不会受太多管制，想怎么玩就怎么玩，我反正就喜欢打点游戏逃逃课，人嘛，青春就这一次，可别白白浪费了。"

姐姐突然戳破道："那大学就是混的吧，还去读什么？"这时男生突然变得哑口无言，不知道该如何回复。

02

"混"在汉语词典中的释义有蒙混、苟且度过的意思。

你可以选择在大学无所事事，抱着能混一天是一天的心态度日，但毕业后你会发现自己一无所获，你得用加倍的努力和付出才能弥补那些混日子留下的空白，而效果往往还会大打折扣。

我们学校上一届的一位学姐，和我学的是相同专业，曾经是同一个社团的成员，所以一直有些联系。

她在大学加入学校社团还是因为室友担心落单，拉着她一块儿参加的。她把其余时间都花在了追星和打扮上。

她真的是疯狂追星，但凡有关偶像的消息都逃不过她的法眼，除了追星剩下的时间就用来逛街、网购、化妆、拍照。

她一心想当老师，一是自己对老师这个职业确实很感兴趣；二是除了当老师，她好像真的不知道该往哪条路上走。

可惜她大学没有努力，除了对偶像越来越痴迷，化妆品和衣服越买越多、越买越贵之外，学业上的收获少得可怜。

父母能够为她提供的，就只有在农村的一亩三分良田，以及他们头上数不清的白发，本盼着闺女大学毕业后就可以享福，没想到一不小心却全白了头。

毕业一年，她脸上的沧桑越来越明显。公招考了三次都没考上，代课的地方换了一个又一个，每天辛辛苦苦、尽心尽力地备课、上课、管理班级，到头来每月只有几百块钱的代课费。

无奈与懊悔全是人生的底色。没有办法，她为了生活，目前就只能当个代课老师，没有勇气和底气去做其他工作，公招考试难度大，她的文化基础本来就很薄弱，再加上在大学基本的技能都没有掌握，学生不喜欢她，学校领导不重视她，真是苦不堪言。

再苦的酒都是自己酿出来的，出了社会就是来还债的。

曾经以为青春就是用来挥霍的，如今我却深深地体会到，你把自己的青春白白浪费了，日后是要付出惨痛的代价的。

03

有的人上学的时候不认真学习，毕业后在岗位上不认真工作，成天浑浑噩噩地混日子。

一位出去工作的读者给我留言说："记得大二那一年，学习压力很大，英语四级考了两次都没过，计算机二级也没过，本来想好好拼一把，但得到的都是失败。"

于是她开始颓废，每天都是在瞎忙，日子过得很无趣。

直到后来快毕业了，她害怕毕业拿不到毕业证，于是整天窝在图书馆做题学习，每晚躺在床上，脑袋里想的全是考证、工作的事情，不到两个月就瘦了十几斤，好在最后一次性通过了考试，顺利毕业，否则她都不会原谅自己在大学的所作所为。

我的大学老师告诉我们，没有吃过苦的人生不算是完整的人生。现在大多数大学生生活在象牙塔里，过得太舒适反而会失去人生的目标，会失去对未来的斗志。

没办法，不撞南墙不回头，没有经历过找工作的辛苦，永远会觉得社会上的每个人都是好相处的，可一旦涉及利益的时候，领导才不看你为人怎么样，只会关心你能给他创造多大的价值。

不过，虽然大学堕落的人不少见，但也不乏努力、向上、优秀的大学生。这件事还得看自己，努力的人总会找各种机会来提升自己，而不努力的人总会找各种借口来搪塞。

04

一个普通的人之所以能变得优秀，是因为他们知道只有付出努力才会有收获。如果每天无所事事，只想着去成功，不管是十年还是二十年，都难以取得想要的成绩。

关于大学里的建议我已经提过了，现在还想再给大家提最重要的几点：想清楚自己的人生规划是什么；大学三四年，你应该获得哪些东西；你该往哪方面努力，才能让自己去达成这些目标。

想清楚这些，你才能明确目标，坚定信念。

年少时不懂世事艰辛，沉溺于娱乐，忘记了自我提升，没有意识到当初那些欠下的债在进入社会后，真的会加倍还回来。

如果你不想以后后悔，那就不要再虚度时光了，别荒废了大好青春。再多的劝告和鼓励只能是药方，只有自己才能成为自己的药。救不救自己，全看你了。

机会多不多，就看你的准备够不够

01

有的人总抱怨别人不给自己机会，眼睁睁看着别人一次比一次厉害，而自己却缺少"贵人运"，没有人赏识，更没有人提拔。别人表面上轻而易举就得到的机会，很有可能是因为他们提前做了精心准备。

之前我和当地的杂志社谈合作，对方要求文章中的插图由我自己拍摄，杂志社可以为我提供相机等一系列的设备，尽可能满足我的需求，薪资也开得很不错。

文字内容方面，我还有足够的信心，可一谈到摄影，我只能尴尬地摇摇头，无奈地说道："我不会摄影。"

负责人继续问我："那你会基本的摄影吗？就算不会使用相机，也可以用手机拍照，只要图片有美感，美观、清晰，都是可以的。"

我还是只能摇摇头，就算用手机，我的拍照技术也有点拿不出手，因为我平常真的很少摄影。

没办法，杂志社只能将我的薪资减半，叫我安心做好文字内容，然后把这个宝贵的机会给了另外一位合作者。这么好的机会摆在我的面前，我却与它擦肩而过。只可惜，我并没有提前做好准备。

我突然想到蔡康永说过的这样一段话："15 岁觉得游泳难，放弃游泳，到 18 岁遇到一个你喜欢的人约你去游泳，你只好说'我不会耶'。18 岁觉得英文难，放弃英文，28 岁出现一个很棒但要会英文的工作，你只好说'我不会耶'。人生前期越嫌麻烦，越懒得学，后来就越可能错过让你动心的人和事，错过新风景。"

其实早在大学时，我就有去学摄影的想法，但我就是觉得麻烦。何况我觉得以后不会从事摄影这一行业，于是彻底忽略掉了这个想法。

当有很好的机会摆在你的面前时，最难过的不是你无能为力，而是后悔以前自己为什么没有努力，为什么没有硬着头皮去学习，为什么当初没有坚定想法去做某一件事。

02

小洁和我讲过她的故事。她很喜欢英语，之前还担任了初中和高中的英语课代表，毕业后她想去当一名英语老师或者翻译，不过却阴错阳差读了汉语言文学的专业。

在大学以前，她的英语成绩确实不错，还参加了不少英语类的演讲比赛和写作比赛，都取得了不错的成绩。她很懊恼当初在填志愿的时候，将专业序号填错，导致读错了专业。

她觉得身边都是一些抱着文学书阅读的人，这样的环境哪还能让她去继续学习自己的英语呢？

于是她放弃了继续学习英语，而是啃着以前的老本，英语课代表不当了，英语类的任何比赛也不去参加了，备考四六级从不提前准备，而是抱着"能过则过，没过大不了再战一次"的心态得过且过。

她英语四级勉强过关，六级考了一次没过便放弃了，而她却一点都不担心，反倒觉得还没毕业，不用这么着急。

毕业的时候，小洁恰好遇上自己非常喜欢的一个公司在招聘英语翻译的人才，便立马投简历去面试。她本来对自己的英语信心满满，毕竟高中的时候参加了不少演讲比赛，没想到在面试官面前，她却变得结结巴巴，心里忐忑不安，连一句流利的话也讲不出来。

落选给了小洁很大的打击，她仿佛变了一个人一样，每天早出晚归，一边学英语，一边找工作，虽然现在她并没有从事与英语相关的工作，但她却学会了如何踏实走好每一步。

很多时候，我们都知道自己应该做什么，也清楚未来会面对怎样的境地，但大多数人不到最后一步，根本不会着急。

有的人找不到工作时，总喜欢用"别人不给我机会"这样的理由为自己开脱，我们应当扪心自问，是别人不给我们机会，还是我们没有给过自己机会？如果自己都没有给自己机会，那凭什么去奢求别人来给我们机会？

03

相反，我们身边也有部分人提前给自己做了充足的准备，不管是参加工作，还是在校学习，大到人生的一次选择，小到一次上讲台做自我介绍，他们都会精心准备。

没有一个人能随随便便成功。就像我的一位朋友，在毕业前就已经收到了好几个 offer，那是因为她从大一就开始做准备，她有扎实的专业知识、丰富的实习经验、小有成就的项目成果等，这些都在一步一步为她的未来铺路。

在机会面前，人人是平等的，机会不是靠别人给的，而是要靠自己去主动争取。如果你没有实力，那就努力提升自己的实力；如果你没有人脉，那就多去认识一些人；如果你没有运气，那就踏踏实实做好万全的准备。

没有得到机会，也许不是因为你运气不好，而是因为准备不够到位。凡事预则立，不预则废，人生不可打无准备的仗，越提前做准备，才越有机会打胜仗。

也许努力会说谎，但一定不会白费

01

大一开学那会儿，学校各大社团纷纷招新，我参加了学校的文学社。因为有基本的文字功底，所以被社长选为编辑。社员每月需要上交两篇文章，每次我都会认真写，然后按时上交。

正因为我认真、踏实的态度，我的文章基本都被评为优秀文章，经常被刊登在校报校刊上。这给了我极大的信心和动力，让我越来越喜欢写作。

每次社团举行活动，我都会准时参加，不缺席，不迟到。我也会积极发表自己的看法，和社长商量活动方案，为社团的荣誉贡献自己的力量。我只是做好自己该做的事情，以认真、踏实的态度完成每一次的任务，也因此多次被评为"优秀社员""魅力社员"。后来，我通过了笔试与面试，成功竞选为文学社社长。

我只是做了我责任之内的事情，没有想过去图些什么，而这却为我带来了一些意外之喜。大二那一年我担任文学社社长

189

一职，因为之前对相关事务有所接触，所以管理社团和举办活动时也得心应手。这一年，我带领大家做了许多很有意义的事情，大三时还被评为"重庆市优秀学生干部"。

说这些并不是想炫耀什么，我只是意识到：我现在所做的一切努力就是在为我的未来铺路，如果你也像我这样，说不定在下一秒就会收到"现在"努力的成果。

02

我昨天参与了一个关于"大学专业"的话题讨论，其中一位大二的好友吐槽她们的历史师范专业如何不好，学校招收教师名额少，竞争压力大，在很多人眼里毕业意味着失业。

我很疑惑她毕业怎么办，便问她："那你打算毕业做什么工作啊？"

她回答我说："没打算，先准备碰运气考公招，如果没考上就再考虑吧。"

我又问："既然你早已意识到这个专业不好，难道你没有做任何的补救措施吗？"

她发了两个捂着脸哭的表情过来，接着说："我一个学历史的还能怎么办？我不像你们学文的，没事还能写写文章赚点稿费，说不定还能当作家。而我只能学历史，因为我只会这个。"

她抱着混个毕业证就行了的心态，平日里不是在宿舍追剧打游戏，就是和室友出去逛街，丝毫没有想办法弥补自己专业的局限。

和她相反的是另一位学历史的作者朋友。她在头条上写历史类文章，课余时间全都用在了探究历史学上，每月收入近万元。她没有抱怨专业不好，而是利用好当下的每时每刻，钻研自己的专业知识，开辟了新道路，这何尝不是一个不错的补救办法。

如果你不喜欢本专业，你也可以转专业啊，如果你只是一味虚度光阴，那谁也帮不了你。不注重当下，永远只想着未来怎么样去拼搏、去努力，再完美的幻想都会破灭，留下的只有惨痛的教训。

不要局限在自己的错误认知里，好好利用自己的时间多做一些有意义的事情，为未来创造一份可能性。

03

我大学的古代文学老师，是一个英语专业的大专生，毕业后在一家英语翻译公司工作，虽然每天大多数时间是和一长串的英文字母打交道，但她最喜欢的还是文学。

每天中午，当同事们都在聊天、午休时，她就会在一旁翻阅唐诗宋词，闲来没事就拿起笔在草稿纸上写诗词。周围的同事老是调侃她竟然还怀有文人理想，不过可惜的是都在做些无用功。但她笑着说，我就喜欢看这些东西，我觉得对我很有用。

后来她发现自己并不喜欢当下的工作，便下定决心考古代文学专业的研究生，她辞职在家专心备考，后来考上研，来到了我们学校当老师。

在大学，大多数教师每月拿着不错的薪水，生活有了基本的保障，就再也不折腾，每天就按部就班地上课，在课余时间看看剧、聊聊天。他们心里大多是这样想的：何必再去没事找事？

但我的古代文学老师一直都没停止学习、看书、写诗词，每天雷打不动地用一个小时看书，平时也会自己收集一些文学专论，写论文投稿，有的还发在了省报上。

前两周收到她考博成功的消息，大家都为她感到高兴，她的每一次努力都没有白费。她用自己的刻苦专研完成了学历上的逆袭，从一个普通的大专生，摇身变成文学博士。但我们知道，这样的好结果不是凭空出现的，她的每一步都走得很艰难，可她从未放弃。

04

很多时候，目前所做的一些看似毫不起眼的努力，其实都是在为未来埋下伏笔。或许你对你现在做的一些事情并不持肯定的态度，甚至会有人误解你没事找事做，可当努力积累到一定的量，突然发生质变时，你就会感到惊喜，庆幸自己当初选择了坚持。

比如一只特立独行的猫坚持每天下班后写1000个字，现在成了畅销书作家；比如刘同坚持写作七年，一举成名。如果他们没有坚持写作，他们现在姓甚名谁，恐怕我们都还不知道。

拼搏不能总是等到明天，因为明天以后又是一个明天；也不要总是等到未来再去实现梦想，因为未来可能永远不会来，你只是在一次又一次地拖延时间、推卸责任。

要么就做好现在的事情，并尽量做得完美。要么利用空余时间发展兴趣爱好，利用兴趣爱好补救自己的"现在"，争取创造一个不错的未来。

你必须走好当下走的每一步路，未来才会有更多的可能性。

二十出头，我想给你这三个建议

自从我开始写作后，每天接触的人越来越多，我从以前闭塞的小中心走了出来，认识了各行各业的朋友，对很多事情有了新的看法。

自从毕业后，我在社会上摸爬滚打，吃过不少生活的苦，掉进过不少工作上的坑。我仿佛是摸着石头过河一般，哪里该走哪里不该走，都得我自己摸索。

但是总体来说，我很喜欢现在的生活，可以做着自己喜欢的事情，还可以去探索越来越多的可能性。我觉得这和我一直以来的生活态度有一定关系，在这里我想和大家一起分享。

一、如果做兼职，选择一项技能型的比体力重复型的要好得多。

我从大一开始就和室友在外做兼职，这些兼职均属于重复性的体力活动，比如当服务员、发传单、做活动专员，虽然并不是很累，但它会磨灭你对一件事情的热情，干的时间越久，你就越会对生活产生厌倦感。

刚开始去一所大型的游乐场带薪实习时，我是非常兴奋的，因为有各种各样好玩的项目，还有各种各样的美食。但进去工作几天后我才发现，每天无非就是负责售票和其他相关服务，这样一来，生活就变得索然无趣了。

而一些技能型的工作不一样，你可以像打游戏那样一路打怪升级，你的水平慢慢提高，等到达了一定的高度时，你就成为这一行的顶尖人物之一了，那还用担心自己没有用武之地吗？

所以我建议大家在做兼职的时候，多选技能型的。比如去做兼职教师、新闻记者、编辑、程序员、主持人，等等。当然，这只是个人建议，还需要具体问题具体分析。只要是对自己有意义的，都可以去大胆选择和尝试。

二、爱情很美好，但只有不断地提升自己才会更美好。

以前热恋那会儿，我恨不得将我在感情上遇到的所有的快乐和浪漫都公之于众，现在想想还挺尴尬的，但我也觉得这没什么，我不会觉得这样的行为很丢人。

但是，热恋期过了之后，你就会发现需要面临很多现实的问题。比如，两个人性格到底合不合？双方是否门当户对？三观是否相合？两人趋于理性时，是否还是那么相爱？

谈恋爱真的算是一件浪漫和美好的事情，每个人都应该在合适的年纪去尝试，但是万万不可一直沉迷于此而忘记了提升自我。

周星驰在《喜剧之王》电影里对柳飘飘说了一句很经典的话："你不上班可以吗？我养你啊。"

两人恋爱时会觉得这句话无比浪漫和令人感动，但真正一起踏入婚姻的殿堂时，你会发现这句话就是一句废话，当初所有的浪漫都会被鸡毛蒜皮的小事消磨殆尽。

这些话我并不是针对女孩说的，而是告诉所有谈恋爱的情侣，爱情很美好，但是两人一起好好努力，会让爱情变得更美好。

三、赚钱真的能够解决 80% 的问题。

每天都会收到很多读者留言或者是私信，他们说的无非都是自己想去做什么，却无能为力的感觉。

就像我的一位朋友，她真的是超级喜欢摄影，她希望自己能够带着相机去各地旅游，还梦想以后能够开摄影展。但她没钱买照相机，平日只能拿着手机摄影，蜗居在一间不到 20 平方米的出租房里，干着一份自己并不太喜欢的工作。

因为她知道父母供她上完大学已经很不容易了，现在毕业了，该她赚钱去养父母了，诗与远方不该是建立在父母的压力上。

一方面她特别想追求自己的理想；另一方面她又想给父母减轻负担，她被挤在两者之间，常常觉得进退两难，每天都过得很压抑。

我们很多人就是因为没钱，所以连自己的理想都不敢去追求，甚至都不敢再谈起。

就像前两天一位男读者向我倾诉说，他和女朋友已经谈了三年的恋爱，感情一直很好，但是因为双方同姓，女朋友的父母强烈反对他们在一起。

当时我很疑惑，毕竟身边也有同姓结婚的人，这并不算是父母反对的根本原因，定是有其他原因才会如此。

后来和他聊过我才知道，原来他女朋友的父母反对两人谈恋爱的最根本原因是他每月拿着 3500 元的工资，且工作不稳定，担心女儿和他在一起会吃苦。其实同姓不过是一个很小的原因，可以忽略不计。

前两天我和男朋友去医院探望他的亲人，从医院出来后看到一位阿姨蹲在一旁抱着肚子哭，而她丈夫在一旁愧疚得红了眼眶。

原来这位阿姨得了结石，现在正痛得死去活来的。医生告诉他们做手术的大概费用是 6000 元，如果要做，立马就可以办住院手续。

但他们一听要这么多钱，阿姨立马安慰丈夫说没事的没事的，回去多喝点儿水、多运动，痛的时候吃点儿止痛片就好了。因为害怕花钱，她宁愿自己忍着痛，也要把钱节约下来给自己的子女用。

很多时候，如果有钱，很多问题就能够迎刃而解，但是没钱，无奈的事情就太多太多了，赚钱真的能够解决 80% 的问题。

二十出头的我们，或许都有着对未来美好的憧憬，又或者处于就业的阶段，二十多岁的年纪就应该多去经历，多吃吃苦，不然等到四十多岁的时候遇上了中年危机，就会苦恼和后悔二十多岁没有努力。

真心希望我们每一个人都能持有积极、上进的心态，去勇敢追寻未来，同时也注重当下的积累，因为每一天都是无比珍贵的。

善 待 一 切 ，
就 会 被 一 切 善 待

不贬低别人喜欢的东西，是一种素养

01

朋友最近很烦恼，因为她的公司有一个人总喜欢贬低她。

有天朋友穿了一件连衣裙去上班，同事小朱当着全公司人的面说她穿的衣服很丑又很土，还好心给朋友建议，以后衣服该去哪儿买，该怎么穿才好看。

朋友特别喜欢听古典音乐，有一次休息时间她随意放了一首，小朱听到后说："这什么音乐啊，听起来像死人了一样，真是怪难听的。"

朋友和同事聊天时说以后想养只吉娃娃，小朱立马喷了两声说："吉娃娃多难看啊，要是我，我就会养贵宾犬，又高贵又漂亮。"

小朱一直以"直来直去"为借口，把公司上上下下的同事都指点一通，以此显得自己无所不能，时常弄得气氛尴尬，弄得大家都不高兴。

千万不要为抬高自己而肆意贬低别人，有些中伤他人的话说一次，别人可以视为你的无心之过，但次数多了，反倒会引起大家对你的反感。

02

刚上大二的小维好不容易找到了一份家教的工作，当她兴高采烈地把这个好消息告诉给室友们后，却没有一个人回应她。

晚上小维妈妈打电话来，她开心地把这个消息告诉了她妈妈，随后某位室友就说了一句："一个破兼职还这么高兴，真是好笑。"

他们属于那种吃不到葡萄说葡萄酸的人，喜欢刻意贬低别人，让别人知道他不是不想有，只是他不屑于拥有。

而遇到同样烦恼的，还有读者小贺。

小贺最近在公司工作表现特别好，给公司带来了不少收益，女领导特意在大会上表扬了她，并专门送了一份美妆礼物给她作为奖励。

作为公司新人的小贺，在得到领导的表扬和奖励后显然非常开心，看着自己手中的礼品高兴极了，爱不释手。

一散会，公司几个女同事马上跑过来围着小贺要看美妆礼品，小贺见此心里还有点儿得意扬扬。

没想到大家看过后纷纷表现出一种不屑的表情，嘴里发出冷笑的声音，一位同事直接把盒子扔在了桌子上，发出刺耳的声音。

同事 A 好心地提醒道："我上次就是用这个，脸都烂了，你可要注意点儿啊。"说完几个人还哈哈哈笑了起来。

另一个女孩接着说："这个牌子其实一点儿也不好用，便宜没好货，我用的比这个好多了。"

一时间小贺所有的开心和激动都在同事三言两语的打击中烟消云散，她的内心委屈极了，眼泪都到了眼角，却硬生生被自己给逼了回去。

那些你所谓不屑的东西却是别人通过自己的努力和辛苦换来的，请不要以一副高高在上的姿态来否定别人，这样会很伤别人的心。

03

昨天下班回来遇到一件比较奇葩的事情。小区两位年过七旬的奶奶，平日关系好得如亲姐妹，这次竟然在公众场合大吵了起来。两人你一句我一句谁都不想输，而这次战争的导火线竟是一件衣服。

一位奶奶的孙女给她买了一件新衣服，心情大好的她便穿着去买菜，老人嘛，就像个孩子，一提起自己的子孙给自己买了什么东西，就高兴得不得了。

没想到另一位奶奶心里很是不服气，便当着众多人说："都这么老的人了，还穿这么鲜艳的衣服，丢不丢人啊。"话里听起来带着嘲讽。

这位奶奶一听这话很是不爽，反问一句："你是不是一天不损我就不开心啊？我不就是穿件新衣服出来，这就碍你眼了吗？"

人都有一种奇怪的心理，你不能比我过得好，如果你比我过得好，那我就会想办法用语言贬低你，让你知道你根本没什么了不起。

只要别人喜欢的人和物没有触及道德、法律底线，就请你不要随意贬低那些喜好。因为你不喜欢的，别人未必不喜欢；你喜欢的，别人也未必喜欢。

其实在生活中，我们更喜欢别人用善意的表达方式来对待自己，同理，我们也更应该用善意的表达方式去对待别人。

何为尊重？最大意义上，就是我尊重你的选择，你理解我的爱好，谁也不刻意贬低谁。

04

之前在网上看到过这样一个故事：

有一个女孩去见男网友，由于担心个人安全，便把闺蜜给带上了。双方在约定的地点见面后，女孩的闺蜜似乎对男网友产生了一丝丝的好感，于是有意无意地找一些话题来刻意抬高自己，以此打击女孩。

闺蜜夸赞女孩化妆技术很好，而自己却连基本的眼妆都不会化，其实这是在间接向男生传递自己素颜也很好看的信息。闺蜜夸赞女孩很会穿搭衣服，每次就算是花上一两个月生活费也会将好看的衣服买下来，而自己却只能随意穿搭，其实这是在向男生传达自己有节俭的品质。

在整个过程中，女孩的闺密找了各种时机插话，不惜贬低女孩抬高自己，表面上她看似赢了这场"比赛"，但实际上这却是一场失败的交易，因为她在女孩心中留下了很不好的印象，两个人的友情变得岌岌可危。

女孩和男网友在一起了，而她也逐渐和闺蜜保持了距离。

每个群体里都会出现那么一两个自以为是的人，喜欢攀比，喜欢挑别人的毛病，喜欢贬低他人来抬高自己的价值。

还有的人之所以贬低别人，是要维护自己的地位。这种人内心充满对失去地位的恐慌和自卑，这种人外表的强硬体现的是内心软弱，越是害怕失去的，他就表现得越是在意。

上任公司领导告诉我们，他从来不与那些贬低别人的人或者公司一起合作，原因是贬低同行的人，其实就是在贬低自己。

有一次，他需要和一个广告发行公司合作，于是双方约了地点谈合作。本来刚开始他和对方的负责人各方面都谈得很愉快，但就在快敲定合作时，对方的负责人开始把自家公司与同行另一家公司做比较，他在各个方面将那家公司贬损了一番，想以此提高自家公司的地位。

老板是一个爱憎分明的人，听到这番话，委婉地表示自己回公司还得再考虑考虑，拿上包后转身就走。第一次合作，通过几句贬低别人的话，就能看清一个人的基本为人方式，甚至公司的管理格局。

其实人生在世，每个人都有自己的行为方式，如果你不欣赏大可不必过问，不喜欢大可不必接近，就算是竞争对手，也请做好自己，不要无端贬低对方。因为我们谁都没有权力肆意评判别人，更没有权力去贬低别人而抬高自己。

不轻易贬低别人喜欢的东西，不随意贬低别人的任何方面，是一种教养，我们每个人，都需要做到这一点。

浮上来时别骄傲，沉下去时别气馁

01

同事小李前段时间策划了一场漂亮的营销活动，这次活动为公司带来了不错的效益，因此得到了公司领导一致表扬。

小李瞬间成为公司有名的人物，大家都在夸赞他入职短短五个月就能够取得如此成绩，领导也开始看重他，他为此沾沾自喜，得意扬扬。

几天时间不到，小李就已经忍不住跑到领导办公室和领导讨论加薪的问题。

领导问："为什么这么快就想要加薪？"

他斩钉截铁地告诉领导，自己才策划了一场相当成功的营销活动，给公司带来了收益，公司理应给他加薪。人在面对利益的时候，总是很容易就迷失了自我，就像小孩子看见了五颜六色的糖果，难免会挪不开脚。

领导什么也没说，找出小李入职以来的工资表递给他，问他有没有发现什么问题。

小李粗略看了一遍，再次胸有成竹地告诉领导说："我发现我的进步突飞猛进，这次活动做得很成功，公司一下子给我奖励了 3000 元奖金。"

领导又问："那前几个月的情况呢？"

小李不知道领导话里的意思，便一五一十地将具体情况叙述了出来。

"我入职第一个月多处考核不达标，被扣了 600 元工资，奖金全无；后面三个月，活动出现差错共被扣 1300 元工资，奖金全无。"

领导这时开口说道："你前四个月一直处于被扣工资的状态，仅仅成功了一次，你整个人立马就浮上来了，于是想以此加薪。你觉得你的能力已经足够配得上更高的工资，但你却从来没有想过你之前拖了公司多少次后腿，你更没想过全公司员工因为你没完成好工作，加班熬夜做活动方案。"

小李听完领导的一番批评非但没反思，反而觉得是因为自己进步大，才会和之前形成了强烈的反差。最后他以公司不同意加薪为由辞职离开了公司，听闻最近一直处于待业状态。

像小李这样的人并不在少数，好不容易浮上来了，随之便开始骄傲了。骄傲是一件很可怕的事情，它会冲昏你的头脑，让你分不清对错，看不清前行的道路。

当你做出一件特别有成就感的事情时，当身边出现越来越多的夸赞时，当前面充满越来越多的诱惑时，千万别急着立马沉浸在喜悦与自豪中。

事实证明，大众的声音是会扰乱你的步伐的，它不仅会让你变得骄傲、自大，它还会让你丢失了应有的分寸。

02

说实话，我从来不羡慕那些每天嘴上挂着自己有多么多么厉害的人，反而喜欢那些安静却沉稳的人，毕竟浮上去可能容易，但要真正沉下来很难。

兰姐是我今年上班后认识的朋友，她就在我楼下的办公室上班，因为回家路线一致，接触没几次就成了好朋友。

家住在贵阳却跑到了遵义工作，我疑惑地问她为什么要来这儿上班。她也笑着回问我："重庆也很好，那你为何又来这儿上班？"

我被她这句话逗笑了，原来两个年轻姑娘都是为了所谓的爱情从远方奔赴而来。

今年 6 月初，兰姐所在的公司因为资金周转困难，裁掉了小部分员工，其中就包括兰姐，理由是她的工作能力不够出色。

突如其来的消息让我感到很惋惜，心里还暗暗为兰姐接下来的日子感到担忧，没想到她反倒安慰我："无论何时都要学会沉下来，浮着只会让你迷失自我。"

兰姐失业后，她的父母几乎每天打电话叫她去考研，认为只有学历高了才能找到更好的工作；她的男朋友叫她搬去和他同居，可以缓解她的资金压力；她的朋友们叫她回贵阳，找工作会更容易……

各种各样的建议和声音一直在她耳边徘徊，但兰姐都果断地拒绝了。

失业后的兰姐并没有立马投入到下一份工作中，她反而将自己彻底沉下来，去反思自己遭遇的失败，去思考自己的未来。

她一有空就来和我一起看书和写文章，她还说已经注册了相关写作平台，每天都要坚持看书和写文章，只有不断输入和输出，才能使自己的核心竞争力越来越强。

她说以前就是因为太抬高自己，才导致猝不及防地摔了下来，这一次她一定要稳稳地赢回去。

03

沉淀了两个月的兰姐，八月初成功应聘上一家媒体公司的文案一职，为了文案效果佳，她不仅查阅各种相关案例，还走街串巷做调查，还报名参加相关文案写作训练营，积极努力的她写出了一个又一个漂亮的文案。

阴霾之后是天晴，沉在低处时的兰姐，没有妄自菲薄，也没有随波逐流，反而保持着积极、乐观的态度，用行动证明了自己的价值。

我几乎每天都能看到或者听到有人在担忧自己是否能够找到合适的工作，是否能够在大城市稳定下来，是否能够选择一位合适的恋人，等等。

每当他们遇到困难或挫折时，总会抱怨一句："为什么不顺的人偏偏是我？"

明明大多数人都知道焦虑并没有用，但依然会选择以这样的方式来让自己狼狈不堪。

跌倒了不要先懊恼和伤心，要找机会爬上来。即使沉下去了，也不要太悲观和消极，不如冷静下来好好思考一下自己有什么，自己到底要什么，自己究竟该如何努力。

我特别喜欢这句话："人的一生，难免有浮沉。不会永远如旭日东升，也不会永远痛苦潦倒。反复地一浮一沉，对于一个人来说，正是磨炼。因此，浮在上面时，千万不能骄傲；沉在底下时，也不要悲观。"

不骄不躁，不气不馁，才是我们应有的人生态度。

跟"负能量"说拜拜

01

朋友小丽是一个喜欢向身边朋友传递负能量的人，只要她有一点点不快乐，我们都能轻易从她的朋友圈了解到。她的动态大多都是一些心情不好、烦恼多的负能量内容。

最近整个朋友圈都知道她失恋了，谈了两年的男朋友因为事业选择放弃了她。她心有不甘，但又不知如何挽回他，于是整天在朋友圈发布她的痛苦，以及对现实、爱情、男人的质疑和批判。

她不仅仅在朋友圈宣泄自己的负能量，甚至开始私聊列表中的好友。她天天因为这件事跟我们抱怨，刚开始大家都会安慰、开导她，久而久之，她再说些什么，大家都不太爱搭理她了。

生活中总有那么一两个爱传播负能量的人，一次两次还好，但次数太多，我们也无能承受。毕竟，我们每天遇到的那些糟心事也够多了，何必再花精力去徒增自己的烦恼。

02

表姐是做生意的人，在小学旁开了一家加盟的糕点店，她最害怕那些身上带有负能量的朋友去她店里找她诉苦。

有一次，她的一位朋友前一天和婆婆闹了矛盾，第二天就跑到她的店里向她诉苦，把对她婆婆的种种不满一一道出，还说自己的老公也不帮她，越说越伤心，竟开始在店里哭了起来。

表姐一边听她讲，一边开始安慰她、开导她，叫她平时多多包容一下，毕竟她婆婆是上了年纪的人，更需要理解和包容。可她丝毫没听进去，反倒一个劲儿指责她婆婆的不对，甚至把结婚时的陈年往事都翻出来再讲一遍。

转眼就到了中午，表姐委婉暗示她该去吃午饭了。她将烦恼倾诉完了后心情大好，拉着表姐的手表示感谢，还说有她这样一个能够倾诉烦恼的朋友真好，客套几句后，起身挎起包，踩着一双高跟鞋就离开了。

她心情倒是晴朗了，可表姐的心情甚是郁闷。

她这样找她倾诉不是一次两次了，刚开始她还觉得两人是朋友，该帮助的时候就帮助一把，可每次都不是什么大问题，只是一些家长里短、鸡毛蒜皮的小事，除了安慰两句实在不知道该怎么帮。

如今三番五次来，听的差不多都是同样的话，表姐实在不想再听了。更重要的是，只要朋友一来店里找她倾诉烦恼，客人就不怎么来了，这一天乃至后面几天生意就准不好，于是后来表姐开始刻意躲着她朋友，担心再来店里找她。

虽然朋友可以帮你分担快乐和痛苦，但不要过度以痛苦去消耗对方的人情。他可以接受你的负能量，但也请你控制自己，在一定的负能量面前，对方可以开导你，可负能量过度，连他都被压倒时，那么他就只能远离你了。

不要做个传递负能量的倾诉者，自己的烦恼，要自己试着去承担和解决。

03

我们小区有一位卖水果的阿姨，丈夫在孩子上高中的时候就去世了，从此她靠做一些小生意供养自己的两个孩子上大学。

十几年来，几乎没有听到过她跟我们倾诉烦恼。她心态非常乐观，接近 50 岁的她虽然被时光带走了青春，但她的笑容依旧很美。

她和小区里的人关系都还不错，大家互相关心和帮助，感觉像是一家人，每天上下班路过的时候，大家还会互相打招呼，偶尔聊聊近况，与彼此分享一些开心的事情，大家也喜欢在她那儿买水果。

她说自己从不去想那些不如意的事情，即便有再多烦恼与不幸，自己也会尽力承担，要一切往前看，只要一家人平安就是未来最大的幸福。她的两个孩子性格也很乐观，对她也非常孝顺，一家人其乐融融。

那些情商越高的人，越懂得学会放下，越懂得如何调解自己的烦恼和情绪。时常抱怨自己人生不如意、不幸的人，假若没有学会承担和解决自己的烦恼，那么就会经常陷入烦恼的循环中。

生活是遵循能量守恒定律的，如果你正能量多，那么负能量与烦恼就会相对减少；如果你内心充满了负能量，你的人生也会随之变得更消极。

同样如此，与负能量的人交往久了，自己身上的正能量也会减少，与正能量的人相处，你的人生被照亮，充满光明。

04

记得我大三的时候，老师给我们放了一部电影《穿普拉达的女王》。女主人公安迪刚从学校毕业，原本想当一名记者，却误打误撞进了一所顶级服装杂志社给总编当助理。

服装杂志社的员工们个个画着精致的妆容，穿着时尚的服装，而安迪素面朝天，服装穿得再平凡不过，身边的同事把她当成一个异类来看，总编也对她异常苛刻。总的来说，她在杂志社一点儿也不受人待见。

但安迪从未向自己的男友以及身边的朋友抱怨工作的辛苦、总编的苛刻、同事的冷漠，而是尽自己最大全力去把任务完成，用最真诚的行动去感动大家，和大家做朋友。

后来，她的工作能力获得了总编的认可和重视，也受到身边同事的友好对待，还经过自己的努力成了时尚女神。她虽然最后辞职转行，但其成长的过程是无比可贵的。

经常听到身边有人在抱怨老板很苛刻，抱怨房东太不仁义，感叹生活异常艰难，难道向朋友倾诉就会好转吗？肯定没有，还是得自己去想办法解决。

其实每个人一生都会遇到数不清的烦恼，越长大，你就会发现，不得已的烦恼越多，而我们要做的就是，用乐观的态度承担和解决烦恼，而不是去做一个散发负能量的人，更不要做一个自己心情不好，却把脾气发在别人身上的人。

不抱怨、不谴责、积极乐观、奋力前行，做一个正能量的传播者，我想这大概就是我们一直在追求的为人处世的方式和态度。所以，你可以跟我谈工作、谈理想、谈人生，适当地倾诉也可以，但尽量别向我三番五次地散发你的负能量。

最高级的教养，在别人看不见的地方

01

大年初三，我和家人乘车一起外出旅游，由于到达景区的时间还早，周围只有寥寥数人，冬天薄薄的雾显得异常冷清。

中途我去了一趟洗手间，我进去的时候看到一位 40 多岁的阿姨在疯狂地抽纸。她将抽出来的卫生纸叠得整整齐齐，然后拉开自己的挎包放了进去，整个动作看上去十分娴熟。

与此同时，这位阿姨还转过头一脸自豪地对她的同伴说："反正现在没人看见，不拿白不拿。"

另一位阿姨也笑着说："我平时去餐馆吃饭，能多拿就拿，这样一天的纸也够了。"

看见她们这样的行为，我在原地愣了几秒，不知所措。两人收拾好后，兴高采烈地从厕所走了出来，虽然看见我有一丝惊讶，但表情立马变得十分自然，看上去心安理得。

两位阿姨打扮时髦，行为却令我十分不满。一大清早，她们就将厕所的纸收入囊中，丝毫没有考虑到接下来的游客的感受。

有时候，一个人的教养并不会通过她光鲜亮丽的打扮表现出来，最高级的教养，往往是在那些别人不易看见的地方。因为在看不见的地方，没有人会监督或者给你压力，没人会因为你做得不对而指责你。

02

小鹿前几年在贴吧注册了一个账号，她向来爱八卦，把身边一些朋友的隐私都发在了贴吧上面。

身边没有人知道她在用贴吧，也没有人知道她的网名，按她的话说，全中国 13 亿人口，哪有机会就碰上熟人。再加上网络上真真假假分不清楚，小鹿正是借着这个理由，在贴吧上尽情地放飞自我。

可事实往往是出其不意的。其中一个好朋友当时因为分手，心情极度不好，便来找小鹿哭诉，小鹿将内容发布到贴吧，没想到转眼就成了贴吧热门话题，更可怕的是下面清一色的评论都是在指责朋友不好。

朋友在贴吧偶然看到后彻底懵了，便找小鹿要个解释。小鹿万万没想到帖子会上热门，更没想到会被她看到，两人的关系由此闹僵，身边的人更是对小鹿大失所望，纷纷提防着她。

不要以为拥有一个陌生的网名，在网络世界里，你就可以肆意表现。但凡涉及别人的隐私，千万不能在未经允许的时候就发布在公众平台，因为你不知道这会给别人带来怎样的影响，以及怎样的伤害。

你说你很讨厌那些网络喷子，讨厌将自己的戾气全都发布在网络上，没想到自己却转身就将别人的隐私发在公共平台，丝毫没有考虑别人的感受，间接伤害了别人。朋友在最脆弱、最无助的时候找你诉说，请你要做到为他保密，而不是让众人来看他的笑话。

一个人的教养，体现在这些细微之处，请不要忽略它。

03

如何对待陌生人，也能体现出你的教养。

有一天我在饭店吃饭，中途来了一位中年男人，他带着自己的儿子来饭店吃饭，一进门便大声地叫来了服务员点单，之后还将座椅拉出刺耳的声音，整个动作看起来十分粗鲁。

在这短短几分钟的时间里，他多次催促服务员快点儿上菜，对服务员的耐心解释却丝毫不听，还对服务员进行了人身攻击。儿子却在一旁露出一脸看好戏的笑容。

那位男子用完餐后，从包里掏出钱甩在了桌上，临走时还凶狠地看了一眼服务员，这才带着自己的孩子走了。

还有一次，我在公园碰见一个年轻人将一些纸屑垃圾随手扔在了草坪上，并且还随地吐痰。清洁工阿姨非常委婉地提醒他不要乱扔垃圾，没想到他却白了她一眼说：“我这是在为你们做贡献，要是大家都不乱扔垃圾了，你们就得失业了。”说完转身就走了，留下阿姨在原地慢慢打扫。

很多时候，我们习惯忽视那些为我们服务的人，很多人觉得自己花了钱，所以冷漠、刁钻与为难也是理所应当的。

但是，每份职业都值得我们去尊重，值得我们去平等对待，不懂得尊重别人的人，也不要妄想得到别人的尊重。

一个人的教养是在骨子里的，在外你会对一些和自己漠不相关的人发脾气、不尊重，那不是随心所欲，那是没有基本的教养，因为你不懂得如何去尊重一个陌生人，更不懂得如何做好自己。

04

余世维在《管理思维课》中讲过一个案例。他说他有一个习惯，每次要离开酒店前，他都会把床铺整理一下，把摆在桌子上的东西整理好，尽量把房间恢复成进来时的样子。

这样进来清扫的阿姨会对住过的客人刮目相看。哪怕客人和阿姨永远不会见面，哪怕阿姨高看的这一眼不会对客人产生什么影响。

最高级的教养，就体现在看不见的地方。

好的行为是能影响到人的，从此不管是去朋友、亲戚家还是去酒店睡觉，我都会将房间里的物品整理好，不给别人添麻烦。

教养，是一种通过长期自律而养成的优秀习惯。看得见的举动是浮于表面的教养，看不见的那些却是真正融进骨子里的教养。

浪费别人的时间，等于谋财害命

01

上个星期，有个同学发了一条朋友圈叫我们大家帮她投票，说是前十名可以免费享用一顿价值 50 元的美食套餐。

当我看到这条朋友圈时并没有搭理她，自从开始工作后，每天像是打仗一般，好不容易有点儿休息时间，哪还想花心思在这种小事上，于是我的指尖一秒滑过并没有去投票。

没想到她又来私信找我帮她投票，我不好拒绝，便答应了。

于是我根据上面的投票程序走，先要关注某个公众号，然后需要填写个人相关信息，最后输入验证码，投票才能成功，整个过程怎么也得花上十分钟休息时间。

投好之后，她对我说了一声谢谢。我本以为这件事情就此结束，没想到接下来更让人恼火的事来了。店家三天两头添加我的微信、给我发短信打广告，甚至还打电话骚扰我。我实在恼了，并发誓以后再也不为这点小人情消耗我的时间。

我和朋友谈起这件事情，她开玩笑说，毕竟别人找到你，只是为了吃到那顿免费的午餐而已，而我们要做的就是去投她的竞争对手一票，让她吃不到。

人情是个消耗品，特别是在为这种小事浪费时间时，我会更郁闷，一是因为自己并没有得到那种被需要的幸福感，二是因为人家也根本没有把你的帮忙放在心上。

02

今天刷朋友的微博，见她发了这样一条动态："不浪费别人的时间，真的是一种很可贵很可贵的品质。"我默默地给她点了一个赞，心里再同意不过了。

我的公众号平台一直都在征稿，有时候邮箱里收到的稿子排版乱七八糟，一看开头就有错别字，有的甚至连个人信息都没有，对于这样的稿件，一般我的处理态度是：直接跳过。

相反，那些排版美观、信息齐全的稿子会在第一时间获得我的好感，我也会更加认真看内容是否合适。如果觉得不错，我会添加作者微信谈修改事宜。

有些作者会在微信上询问我稿件的处理情况，而有位作者直接一上来就问："怡安，前不久我投的那篇稿子怎么样？是不是没过，你能不能给我点儿建议啊！"

她不介绍自己名字、文章名，也不把文章发给我，就直接叫我点评，弄得我一头雾水，只好耐着性子叫她自己把文章发过来。

还有的作者，明明我的征稿函写得清清楚楚，非得加上我微信重复问相关问题，说实话，大家都是成年人，需要对别人负责，更需要对自己负责。

看清对方要求，按要求行事，不浪费彼此的时间，对双方都有好处。如果你总是喜欢用一点儿小事去麻烦对方，那只会让别人对你的印象越来越差，直到把你拉入他的"黑名单"。

朋友跟我吐槽说，上星期六下午，老板临时通知他们召开会议，当时在群里艾特所有人发了消息，大家都回复收到，都承诺会准时到。

当时她因为感冒严重，正在医院输液，接到通知后，她特意叫护士把输液器加快一点点，还提前把车预定好，一输完液就马不停蹄地奔到公司等待开会，累得她气喘吁吁。

到了开会的时间，可还有一位同事没到，于是一公司的人在那儿等了他半个小时，最后因为人不齐，效率太低，老板大发了一顿脾气就散了会，弄得全公司的人都不欢而散，对迟到的同事意见很大。

不遵守时间的人，不仅浪费了别人的时间，还会降低自己在别人心目中的信任度。各自遵守时间，尽量别浪费他人的时间，这是对人最起码的尊重。

03

大学考普通话时，我经常练习《差别》这一篇文章，因为里面的故事给了我很深刻的感悟，以下是原文：

　　两个同龄的年轻人同时受雇于一家店铺，并且拿着同样的薪水，可是一段时间后，那个叫阿诺德的小伙子青云直上，而那个叫布鲁诺的小伙子却仍在原地踏步。

　　布鲁诺很不满意老板的不公正待遇，终于有一天去老板那儿发牢骚。后来老板叫他去集市上看一下，今早上有什么卖的。

　　布鲁诺从集市上回来向老板汇报说，今早集市上只有一个农民拉着一车土豆在卖。

　　老板问："有多少？"

　　布鲁诺赶紧戴上帽子又去集市，然后回来告诉老板一共四十袋。

　　老板又问："价格是多少？"

　　布鲁诺又第三次跑到集市上问来了价格。老板叫他坐在椅子上一句话也不要说，看看阿诺德怎么说。

　　阿诺德很快从集市上赶了回来，给老板汇报说现在只有一个农民在卖土豆，一共四十口袋，价格是多少，土豆质量不错，还带回来给老板看看。

　　这个农民一个钟头以后还会弄来几箱西红柿，价格公道，他想老板肯定要进一些，于是不仅带回西红柿做样品，还把农民也带了回来。

　　此刻老板转向了布鲁诺说："现在你肯定知道为什么阿诺德的薪水比你高了吧！"

　　在这样一个快节奏的时代中，我们更需要重视时间，提高做事的效率。

尽量少用小事情去麻烦别人，如果麻烦了请向对方表示由衷的感谢；

如果和别人约好了具体的时间，请别拖延，宁愿提前准备好，不要让别人一直等你；

做一件事请仔细思考和准备，不做无用功，不拉低做事效率；

不管是在生活中还是工作中，设身处地为他人着想，为他人节约时间，降低时间成本，提高行事效率，这样不仅能让自己获取一个好印象，还能为前行的道路增加光亮。

鲁迅说过这样一句话："浪费别人的时间等于谋财害命，浪费自己的时间等于慢性自杀。"

不浪费别人时间，是一种很可贵的优秀品质，虽然它并不会让你变得与众不同，但可以让你变得靠谱迷人。

如果你不了解别人，请不要随意评价

01

不知道你们的朋友圈有没有这样一种人？

每天至少发好几条动态，不是发自拍就是发美食，就是秀恩爱，总之，关于她的一点一滴，恨不得都掏心掏肺地展示出来。

小丽是我朋友圈秀恩爱的达人。从她和男朋友正式谈恋爱开始，朋友圈几乎天天都有他们的身影，不是今天去看了电影喝了奶茶，就是明天去某个地方旅游，再或者就是某个节日又收到了哪些礼物。

"秀恩爱"仿佛天生是为他们发明的词语，谈了半年多，秀了半年多，我们也看了半年多，逐渐产生了反感的态度。

刚开始秀恩爱的时候，就有人偷偷讨论，秀恩爱只会死得快，他俩走不长久的。果不其然，谈了半年，两人就分手了，小丽在朋友圈正式宣布此事，想对这段感情做个了结。

没一会儿，小丽把收到的评论截图放在了朋友圈，并配文说："对不起，是我碍大家眼了，以后不会了。"

下面的评论大多数都是嘲讽性质的。

"怎么你就和你家帅哥分手了呢？之前不是天天秀恩爱嘛。"

"谢天谢地，你终于分手了。"

有些不熟的人更是恶语伤人："分得好，早就该分手了。"

和男朋友的分手，就像一把利剑插在了她的心上，伤口一直血流不止。而身边好友们的评论，就像一把撒在伤口上的盐，让她更加痛苦。

后来小丽写了一条很长的朋友圈，看过她的文字才知道，小丽是好不容易才追到那个男生的，由于太爱、太兴奋了，所以她忍不住每天发朋友圈来证明这是真的。其实她敏感得要命，脆弱得要命，也坚强得要命。

她每天发朋友圈，并不是爱慕虚荣，也不是刻意秀恩爱，只是想把两人之间的幸福时刻保留下来，不为别人，只为自己。她从来没有去在意别人对自己的评价，也没有想去了解别人对自己生活的看法，但每一次的动态评论，都让她有点儿喘不过气来。

有的人总喜欢将自己的愤怒发泄在别人那儿，如果你不真正了解这个人，请别把你的"善意"用错了地方。

02

听朋友说，他们班上有一个女生家里条件不好，但特别喜欢打扮，所以大家都不太待见她，连个别老师也对她有偏见，还会故意在大课上找她麻烦，讽刺她不知道感恩节俭。

她每个月都会去买新衣服，口红用了一支又一支，偶尔还会买神仙水，一个月算下来也得花一两千块钱，而她家里每个月只给她 600 元生活费，她怎么可能有钱去消费，因此室友们对她更是冷嘲热讽。

女生天生爱美，她也只是尽自己的最大努力让自己变得更好。

这个社会对弱势群体是没有同情心的，反而是以一种高高在上的姿态去审视、去批判、去嘲笑他们。就算是别人用了十倍的努力换来了更好的生活，也总会被一些不堪入目的措辞诋毁。

就像那个女生，所有人对她的定义就是穷人家的孩子，天生就不该用好的化妆品，以及穿好看的衣服。不过就是因为她家里穷，父母皆是底层人员，每年她还要申请助学金，就遭到了诸多人的"另眼相待"。

即使是她自己做兼职赚的钱，也有人在她后面戳她的脊梁骨，说她是被中年大叔包养，还说她可能去外面做了不正当的事，不然不会有这么多钱来打扮自己。

面临毕业，当身边人都在考研与工作之间纠结时，她已经准备好大部分的费用准备出国留学深造，然后继续边学习边赚钱养活自己，身边的人都惊讶了。

看到她漂亮的简历，身边的人都明白误解了她四年。她只是把大家玩耍的时间用到了自我提升上，却没想到受到了如此大的误解和委屈。

但她却一句话都没有解释，因为上天是公平的，你把时间和精力都花在了哪儿，你的收获就在哪儿。如果每天都去八卦、嘲笑别人，那永远成为不了一个优秀的人。

现在是互联网时代，"键盘侠"到处都是，他们明明不了解事情的来龙去脉，却总是怀着恶意去质疑他人。

社会不需要那些戴着"有色眼镜"去看人的人，更不需要那些恶意去揣测一个人的人。

03

表弟的爸爸在他出生不久时就因意外去世了，家里人为了不伤害他，一直骗他说爸爸在外地做大工程，等工程做完了也就回来了。

随着他的慢慢长大，他也开始逐渐懂事，还是知道了自己的爸爸根本没有在外地做大工程，而是早已离开他们去了天堂。

每当身边同学、朋友讨论自己的爸爸如何严厉、如何爱他们时，他总会第一时间站出来说他爸爸是做大工程的，还说给他买了很多玩具，甚至告诉他等他以后长大了就会接他到大城市去过好的生活。

其实他知道，他根本就没有爸爸了，但他很自卑，更害怕别人知道他没有爸爸后，来嘲笑、打击他。

初中时，青春期的他，自尊心变得越发强烈，为了刻意营造出自己有爸爸的假象，他会花很多钱去买手表、游戏机、手机，因为这样就可以理直气壮向大家炫耀，那是他爸买给他的。

事后，他又会拼命节省钱，有时候连饭都吃不起了，因为他心里明白，他要替爸爸照顾好家人，而不是随意花钱。

这样的谎言一直维持到高中毕业，其实他多次想把自己内心的真实想法讲出来，却难以开口。

高考前，每位考生都会填很多个人以及家庭信息，包括父母姓甚名谁，从事什么工作，电话是多少，都得一一上报。

那天晚自习，班主任把这件事情交给了班长，让班长在讲台上统计每一位同学的信息。这时，他害怕极了，想了各种办法想溜走，因为班长是他室友，也是听他谎话听得最多的人。

眼看就要轮到他上讲台说情况，他的内心十分忐忑、害怕、纠结，甚至想抱头痛哭，正在不知道该怎么办时，班长竟随便找了个借口，叫他自己去班主任办公室填写。

这一刻，他悬起的心不但没有落下，反倒更加沉重。晚上大家都要睡觉时，他终于开口说出了这个事实，室友们非但没有感觉惊讶，反而安慰他、鼓励他。

其实他身边的朋友、同学几乎都识破了他的谎言，但他们从未揭穿过，就像我们从小到大，即使知道别人在说谎，但我们的父母都会特意嘱咐我们，千万不要乱说话，因为害怕他伤心。

表弟在这一刻才明白，原来一切都是自己的虚荣心在作祟，他以为大家都会嘲笑他、看不起他，可事实并不是这样的。

后来表弟越来越坦然地对待生命中的得与失，而且更有勇气去追求自己想要的一切了，也不再活得如往常那般小心翼翼。

在生活中，用这种善意去对待他人，不仅会温暖他人，也会温暖我们自己。

04

前段时间，网上有一个很火的视频，一个戴着红领巾的小学生骑着自行车在黑暗中前行，司机担心夜间骑行的孩子害怕或有危险，于是开车跟着，为他照亮前方的路。

二十多分钟后，前面出现灯光，孩子突然停了下来，冲着他做出一个弯腰鞠躬的动作。司机本来是想录视频来作为证据，以防被讹，没想到被小学生的这一举动弄得羞愧不已。

生活中，我们总是小心翼翼地保护自己，对这个世界满怀戒备与提防，以至于会将这种防备和恶意转移到他人身上。但其实，这世界比你想象的更温暖，有人在偷偷爱着你，也有人在默默保护着你。请对这个社会少一些恶意，多一些善意，愿所有善良的人，都能被岁月温柔以待。

对别人太好，可能会成为自己的负担

01

前段时间我的公众号开始征稿，每天都能收到几十份稿件，有时候我忙起来没有及时回复对方的用稿意见，有的作者就会不断催我审稿，并且希望我提一下意见。

有时候为了尽快回复大家的用稿信息，凌晨两点，我还在审稿，脑袋一片昏沉。

那段时间真的很累，真正让我暂停收稿的原因是，一个陌生作者给我发了一份稿件，她找我修改了好几次，之后我推荐她去另投其他平台，她反过来质问我，是不是我拒绝了她。

我花费自己的空闲时间帮她审稿、改稿，还好心推荐她去投给合适的平台，她的文章因为自身的原因没被选上，反过来怪我没有让她通过。

在情况还没弄清楚之前，她开始用各种不好的词语骂我，当时我就愣住了，之后就把她给拉黑了。

审稿时的确遇见了极少数言行不礼貌的作者，但这样直接骂我的少之又少，突然被人骂得那么惨，说不难过是假的。

我把截图发给男朋友，想让他安慰我一下，他看过后只说了一句话："这世界上最不好做的就是善事，别人并不会珍惜你的劳动，反倒认为你就是欠他的。"

从那以后我开始明白，免费的东西到头来才是最贵的，你明明是好心，有的人却觉得是你亏欠了他。

当你把个人界限完全打开的时候，大家都觉得你可以随意跨越；当你保留一点儿界限时，大家更愿意尊重你。所以，我希望你永远不要对别人太好了。

02

一直以来，我们都听说过"老好人"这个名词，指的就是那些什么事情都愿意帮别人做的人。

小卢从小到大就是家长口中的"乖孩子"、朋友口中的"老好人"形象。

她从不拒绝别人的要求，室友叫她帮宿舍打开水、拿快递、打饭，她都欣然接受；室友叫她每天早点儿去教室占位置她也答应；室友叫她一个人打扫卫生她依旧答应。

有时候大家一起出去吃饭，她先给了钱，后面室友忘记给她了，她心里想："十几元钱又不多，没关系的。"就这样，一次两次三次，室友们每次都会叫她先结账，后面再给钱，结果每次都没给。

虽然很多时候她很累，也很想休息，也因为没钱吃过苦，但她一直觉得自我奉献没什么，太斤斤计较反而不好。

有一次，她们一起外出逛街，小卢没有零钱坐公交车，便找其中一位室友借了两元钱，没想到一换零钱，那位室友直接找她要回了两元钱。这件事情给小卢的打击很大。

还有一次，小卢从图书馆回到宿舍，发现空无一人，她打电话问才知道，原来几位室友去外面吃大餐了，说不想影响她学习，所以没叫她，她的心里五味杂陈。

难过之余，她在室友群里发了一条消息，问她们："为什么我对你们这么好，你们连吃饭都不愿意叫我一声呢？"

没想到其中一位室友立马回复："谁稀罕你对我们好，谁不知道你对我们好，只是想巴结我们。"

小卢成绩比她们好，家境也不错，何来巴结她们一说？她总以为大家会把她的好记在心里，也会回馈给她，没想到别人压根儿就没在意她所付出的劳动与真心。

都说吃亏是福，亏吃得越来越多，福却没到。不管是在爱情还是友情里，付出几乎都是对等的，如果只有一方付出，那么另一方是不会感激你的，无谓的付出，只会让你越来越没地位。只有相互付出，双方的感情才会越来越好。

03

电影《芳华》里黄轩饰演的刘峰，是一个典型的"老好人"

形象。

大家一有什么事情都会找他，他帮战友修手表，带礼物，吃破皮的饺子；为帮结婚的战友省钱，自己买材料做沙发；不慕名利，把上大学进修的机会拱手相让；就连队里的猪跑了，别人第一个找的也是他。

因为他长时间不求回报地付出，大家都觉得他所做的一切都是理所应当，甚至还拿他的好调侃、嘲讽他，久而久之，忘记了他也是个普普通通的人。

后来他被调配到西南边境，上战争前线，那群平时调侃议论他的人也没有一个为他送行，这就是他平日热心帮助的好战友们。

都说好人有好报，可刘峰依然没能过上好日子，残疾的身体、不屈的人格让他的生活过得惨淡，妻子也跟别人跑了；赖以为生的车子也被联防办没收了。他的一生，大多时候在为别人奉献，可自己却过得凄苦。

我们提倡的善良没有错，可是没有底线的善良，只会增加别人对你呼来喝去的机会，在别人眼里，这只是你心甘情愿罢了。那不是善良，那是懦弱。

真正的善良，是带有锋芒的，能够做到真心对别人，也能做到勇敢地对别人说"不"，真正的善良不是一味去迎合别人，而是要有自己的底线与勇气。

04

　　我希望你永远不要对别人太好，习惯久了，当你某天说出一句拒绝的话，他就会觉得你变了，你们的关系会因此越来越远。

　　我希望你永远不要对别人太好，这不是叫你自私，而是要你留一点点私心，不管是朋友还是恋人之间，留一点儿距离和陌生感，不要事事总和别人倾诉，自己也要保留一点儿余地。

　　我希望你永远不要对别人太好，自己要有立场和原则，不刻意抬高自己，不刻意贬低自己，只有自己尊重自己，别人才会尊重你。

　　我希望你永远不要对别人太好，先好好爱自己，再去温暖别人，这才是真正的成熟。

　　那些对我们好的人，我们要对他们更好；那些对我们不好的人，不必再去故意讨好。不讨好别人，不将就自己，这才是真正的善良。

Part

6

在爱情里，
请不要患得患失

你的脆弱与自卑，总有人默默维护

01

昨天晚上和男朋友一起参加聚会，这是我第一次正式参加他的朋友聚会，说实话压力很大，不管是学历还是人际交往方面，我都有点儿自卑心理。

由于性格原因，我不太喜欢和陌生人交流，他似乎早就考虑到了这一点，一到场就跟他朋友们打招呼，说我是从事写作的，平日里都是在和文字打交道，喜欢安静。

男朋友这么一说，大家就不会觉得我高冷，不会处理人际关系了，也不会让我觉得很尴尬、不安与愧疚。在那一刻，我突然发现原来我的脆弱与自卑，被人温暖地保护着。

贫穷的孩子，都是有点儿自卑的，因为自卑，理由也就越来越多。我不喜欢吃某样东西，我不喜欢哪种牌子或者款式，就像小时候妈妈骗我们说"我不喜欢吃这个东西"一样。

晓阳，一个平日里看起来很内向的女孩，不爱说话，不爱交际。室友每月生活费 3000 元钱左右，而她只有 600 元钱。

别人早上可以吃 6 元的面包和牛奶,她只能吃 1 元的包子或馒头。她把每一笔钱都规划得清清楚楚,但她却总爱时隔半个月就去买一两样"奢侈"的物品,假装父母给自己打了多少钱,买了什么东西,刻意在室友面前营造自己有钱的形象。但是,她真的很穷,再假装也装不了有钱人。

当室友们约她出去 K 歌时,她说自己五音不全怕扫了大家的雅兴;当室友约她去看电影时,她说电影院太嘈杂太封闭,她只喜欢呼吸新鲜空气。

她总是说自己讨厌吃任何荤菜,她总是说贵一点儿的衣服穿起来不合身,她总是说自己喜欢一个人待在宿舍不想出去旅游,她总是说她有钱,但她不喜欢这些东西。

她五官长得挺漂亮,室友们说她化点儿妆后会更美丽,但她说自己皮肤过敏,一涂化妆品就痒得受不了。其实是她根本没钱买化妆品,她也曾偷偷看室友化妆入了迷。

刚开始,室友们取笑她是个无趣的姑娘,她也自嘲她很佛系,但她心里明白她不是无趣,而是贫穷限制了她的兴趣。

一次两次的拒绝,室友们觉得她清高甚至不好相处,可三次五次找不同的借口后,她们发现了原来她不是不喜欢,而是没钱。

她曾偷偷申请了助学金,她害怕自己糟糕的家庭经济情况被人发现;她曾外出兼职赚钱,可她总是跟室友说自己是去和朋友一起玩。她有自己的骄傲和自尊,可骨子里却又充斥着满满的自卑感。

其实所有人都知道她的家庭情况,但没人在她面前提起过任何疑问。室友总是想方设法送吃的给她,还叫她用自己的家乡特产换，以减少她的猜疑。

室友们越来越爱夸她素颜漂亮，越来越爱夸她身材保持得好，越来越爱夸她爱学习，甚至鼓励她的生活方式，夸她活得自我、活得畅快。

晓阳假装有钱人，室友却从未拆穿过她。

久而久之，这种在骨子里已经形成了的自卑感慢慢开始被释放，她开始慢慢变得开朗、坦诚。因为她知道，她的脆弱、敏感与自卑一直都被室友们默默保护着。

02

橙子和她妈妈的感情一直很好，平日里她总爱跟自己的朋友们聊起自己的妈妈，视频里的妈妈漂亮温柔，两人宛如姐妹一般，令人羡慕不已。

温暖、关爱、阳光沐浴着橙子，20岁以前的她开朗、温柔、积极、富有责任心与爱心，她总是对妈妈念叨着，等我赚钱后，我要给你买漂亮的衣服，带你去各地旅游，带你去做从未做过的事情……

她一直想的都是日后如何报答妈妈，可一场车祸却夺去了她妈妈的生命，让她一夜间成了没妈的孩子。

从那以后，乐观开朗的她变得异常沉默、悲观与孤僻，她害怕别人关注到她的伤口，她害怕别人提起她的伤心事，于是她刻意把自己隐藏在一个安全的角落，变得沉默寡言。

以前，橙子的宿舍是出了名的"炫妈小窝"，大家偶尔会聊起自己的妈妈，比如妈妈做了哪些自己爱吃的菜等她回家，生日又给她送了什么礼物，哪次聊天又在催她找男朋友……从那天起，她们宿舍再也没有提过"妈妈"两个字。

班上还有很多同学不知道这件事情，母亲节那天，学校要求开展"感恩母亲"的班会，室友小新提前跟辅导员请了假，故意叫橙子陪她一起去医院买药，就是为了不触碰橙子的伤口。

室友们用自己的温暖与爱，保护着橙子的敏感的心。隔壁男同学开玩笑说："以后我不会找单亲家庭的姑娘做我女朋友，不是敏感狂傲，就是性格极端，总之，心理有问题。"她们一同骂道："我看你才有病。"

橙子对于室友们所做的一切都心知肚明，其实她特别感谢室友们，是她们一直在保护她的敏感与脆弱，是她们在用自己的温暖与力量帮助她继续前行。

有时候，赤裸裸的现实让自己实在喘不过气来，悲伤里夹杂着失望、无奈与懦弱，敏感的神经稍一触碰就会越发狂躁，好在这时候有人能够保护你的脆弱，理解你的悲伤与无奈，能够用她力所能及的温暖感化你的悲伤。

03

记得之前看过一部电视剧《一公升的眼泪》，主人公池内亚原本是一个开朗活泼的花季少女，病魔却盯上了她，她患上了脊髓小脑变性症，她的手脚开始不能协调活动，写字也会出现障碍，最后失去了言语能力。

在普高的时候，自尊让她一次次地努力不让别人看出她的脆弱，曾经那么优秀的人，对人生充满期待的一个人，变得像一摊烂泥，在生存的边缘上苦苦挣扎，可是她在家人的理解与鼓励、知己麻生的支持下，对生活仍然充满了希望。

在池内亚也知道自己患上了不治之症后，她曾试着隐瞒病情，让自己独自承担这痛苦，后来母亲放弃保健师的工作悉心照顾亚也。而父亲更是悉心照顾女儿，经常当小丑来逗女儿开心，就连平日调皮的弟妹都变得更加懂事，总是努力去做好每样事情想哄亚也开心。

在家人悉心的照顾与关怀下，亚也变得积极、勇敢、阳光。因为她知道，她有多脆弱，爱她的人也会有多脆弱。

人生漫长，必定会经历很多无奈的事情，其实谁都有软肋，谁都有自卑和脆弱的一面，但总有一些人在默默保护着你的脆弱和自卑。

他们不会嘲笑你，不会让你处于尴尬的境地，更不会在你遇到困难的时候落井下石。或许他们不会直接对你说"我很关心你"，但是，他们的行动会让你知道他们一直在你身边给你温暖，希望你开心和快乐。

对于朋友，我不担心

01

去年年初，我一个人到异地上班，在一个陌生的环境里甚感不习惯。我这人向来慢热，所以和身边同事们的关系一直处于平缓客气的状态。

我一直试图在短时间内交知心的朋友，努力后却发现并不是刻意拉近彼此的距离就能成为真正的朋友。于是，我不再将时间用在无用的社交上。

记得工作的第一个月，某天周五下班后走在回家的路上，看着满街人来人往我觉得异常孤独，于是我随手拍了一张照片发在了朋友圈，并配文"一个人，有点儿小孤独"。

我的好友阿莎看见这条动态后，第二天便从成都赶过来，我俩一起去吃火锅、逛街、看电影，我突然发现就算我们面对面坐着不说话，内心也感到十分充盈和踏实。

我俩平日都属于安静内向的姑娘，没什么事情时都不太喜欢主动联系对方，大多数时候连对方的朋友圈动态也忘记了查看和点赞。

五月中旬那会儿遇到了经济上的困难，我第一时间打开阿莎许久没有联系的微信对话框，发了一条语音向她求助帮忙。

在她确认我是本人后，十秒钟不到就给我转了 2000 元过来，末了她还说："你一个人在那边记得好好照顾自己，遇到问题了和我说，只要我能帮，一定会尽力帮忙的。"

我心里暖暖的，原来真正的朋友虽然平时都各忙各的，但有事时却会毫不犹豫地站出来。不需要时刻想起，而是刻在了心里，不会轻易忘记。

02

我曾听表姐给我讲了这样一个小故事：

2017 年 6 月，她研究生毕业后进入一家国企工作，薪资待遇各方面都很可观，所以她暗暗告诉自己一定要努力工作。

善于人际交往的她，没花两个月便和公司上上下下的同事打通了关系，平日大家还会一起吃饭、逛街、K 歌，一起欢笑一起闹，看上去关系非常融洽。

没过多久她就在工作上遇到了很大的挑战，领导也反复给她施压，为此她天天熬夜加班，和周围同事的关系也疏远了不少。

很长一段时间，她见的都是凌晨两三点的武汉，但丝毫没有觉得美丽，反而越发觉得自己无助和压抑。

有一天她正在加班，却意外收到了一份外卖，她正在猜测是公司哪位同事如此贴心，没想到刚打开包装袋，眼泪却像断了线的珠子般掉了下来。

餐盒上贴了一张便利贴，上面写着这样一行字："黑暗之后，便是黎明，工作再辛苦也要照顾好自己，闺蜜一直在。"这一刻，她所有的委屈都在瞬间烟消云散，这是幸福，更是满足。

一个懂你不易、知你泪水的朋友，胜过一群只懂你的成功和笑容的朋友。正是这段简短而又无比温暖的话，让一直倍感压力的表姐更加有了信心和力量。

03

我外公今年 76 岁，因为之前当过兵，再加上日常养生，身体还算硬朗。他年轻时当兵退役后，一直在家和外婆一起抚养几个子女，辛苦操劳了一辈子。

七年前，外婆不幸中风瘫痪，外公一直不离不弃地在床前照顾外婆。一年后外婆去世，外公因为舍不得离开家乡，没和儿女同住，便一个人孤零零地住在老家。

突然有一天，外公接到了一位老战友的电话，自从他们分离后，只有少数几次的书信来往，而这一次再联系已经过了几十年。只是岁月不饶人，对话两头的人早已不再是昔日年轻的模样，外公默默流下了重逢的眼泪。

一句简单的问候，却已勾起了他们彼此心中最熟悉最亲切的情感，真正的友情不会随着时间而消失殆尽。

战友爷爷在了解外公的情况后，第一时间要来了他的具体地址，准备携自己的老伴来看望外公，外公顺便带着他俩到重庆玩了几天。

真正的友情，就算几十年不见，内心却依旧在牵挂对方，不需要多余的解释，一切都在彼此心中。

04

看过这样一个故事：

有个男孩十七八岁，家里很有钱，整天在外面和他的朋友们吃喝玩乐。有一天他的父亲问他："你有多少朋友？"

男孩回答："我有好多。"

父亲："那你照我说的去做，先在你的白衬衫上洒点鸡血，然后拿去找你的朋友说你出大事了，看看他们的反应。"

男孩照着父亲的话做了，去找他认为最要好的朋友，没想到他找遍了所有的朋友，他们都拒绝帮忙。他沮丧地回到了家，向父亲说明了一切。

回到家以后，他哭着在父亲面前说自己发誓以后不会再交狐朋狗友了。

真正的友谊，不是花言巧语，而是在关键时刻会拉你的那只手，是真正陪你哭过的人。那些围绕在你身边只陪你笑过的人，或许他们还不足以称为真心朋友。

05

有人说：我越来越酷，所以朋友也丢了一路。越长大越会发现，陪在自己身边的人都在发生变化，毕竟有人来，就意味着一定有人会离开。

而真正的朋友，也一定会越来越少。我们各自有了自己的想法和追求，各自找到了属于自己的路，方向、性格、地位都会慢慢发生变化，所以我们越来越疏远。

但那些真正的朋友绝不会轻易走散，就像流水带得走泥沙杂质，却带不走朋友在你心底的分量。

三毛曾说：朋友这种关系，最美在于锦上添花；最可贵，贵在雪中送炭。

真正的朋友，是有时一句话，就会让你心安，迷茫时你可以毫不掩饰地向对方倾诉，以最舒服的沟通方式去释放内心的不愉快。虽然朋友越来越少，但人生能够遇到一人真心便足矣。

父母，是最大的"债主"

去年 5 月，我回家乡参加朋友的婚礼，由于工作上的事情太多，所以我只请了一天假。参加完朋友的婚礼，我就匆忙乘坐汽车回了重庆，就连家也没有回。

上车后，我坐下来正在刷微博消息，突然屏幕上显示"爸爸来电"，我接通后，爸爸急切的声音从电话中传了出来："有没有买到车票？什么时候上车？今天什么时候到重庆，会不会晚？如果晚的话，我叫你姐来……"

当时车上正在放乘车安全的宣传片，嘈杂的环境让我静不下心，于是我忽略了爸爸的关心，只着急地给爸爸回了一句："上车了，我现在忙，先挂了。"对于长辈、领导的电话，我一般都是等着对方先挂，而我爸每次都等我先挂，紧接着，我继续刷我的微博。

当天到了重庆后，我约了一位朋友出来吃饭，我俩去人潮拥挤的店里吃麻辣烫，享受着周围的喧嚣声，朋友突然问我：

"怡安，你这次回家了吗？"

我理所当然地回答道："我只请了一天假，根本没有时间回家，再说回去也没什么事，所以我直接乘车回来了。"

"回家也没什么事"，如今这句话依旧在我的脑海里不断浮现。当时我觉得这样的想法并没有什么不妥，继续享受地在锅里涮肉吃。

这时，后面桌一位阿姨的手机响了起来，我抬起头看了看，五六个中年男女在聊天吃串，看来她们也是一群朋友在聚会。我笑着对朋友说："等以后我们年纪大了，没多大压力的时候，也可以出来多聚聚。"

阿姨起身走到了一旁接起了电话，几分钟后回来向大家道歉说："不好意思啊，我家那闺女打电话来问我怎么做蒸蛋，她一个人在外上班偶尔下厨做点儿吃的，我这不是在电话里一点一点教她嘛。"

阿姨刚说完这件事，一桌人打开了话匣子，都是为人父为人母，一提到孩子这个话题，难免会滔滔不绝。一位穿着黑色夹克外套的叔叔吐槽说："我家那小子，每次给他打电话通话不会超过一分钟，明明我想和他多聊会儿，但他却总说自己忙。"

"我家那小子也是这样，平日难得主动打一个电话给我，一打电话准是要生活费。"另外一位阿姨附和道。

刚开始，我以为这只是一场父母之间的吐槽大会，但没过两分钟，各自的父母纷纷说起了子女为他们做过哪些让他们感动的事情，在我看来都是一些非常小的事情，没想到他们却记在了心里。

那顿饭吃完后，我的心里莫名觉得难过，后来和姐姐聊天才知道，原来爸爸听说我要回去，那几日可开心了，他担心我上班的地方伙食差，于是提前用袋子将腊肉和香肠准备好，打算让我带到上班的地方吃。

我总是将父母对我的所有付出和问候，都当成了一种麻烦，而将自己的关心与付出，都给了别人，忘记了他们才是最需要我去关心和爱护的人。

02

前几日我去参加前同事阿琴的生日派对，由于当天是周六，所以我们决定去她家给她庆祝生日。吃完饭又去 KTV 唱歌，我们唱了三个小时左右，朋友们陆陆续续回了家，我因为乘车不是很方便，便和阿琴回了家。

回家后我先进了洗手间洗漱，而阿琴在客厅给她爸妈打电话，并和他们开心地分享今天做了哪些事，还特意叮嘱阿姨一定要吃药。我心想，阿琴和她父母的关系真好，莫名有些羡慕。

女生总是喜欢在深夜吐露以及倾诉自己的心声，阿琴在打完电话后，给我讲了一件非常让人感动又心酸的事情。她的父母均是普通工人，每月拿着两三千元的工资来供养这个家庭，家庭条件一直不好。

阿琴上大学那几年，也是家里经济条件最窘迫的时候，奶奶病重，每天需要几百上千的医药费，对于一个很普通的家庭来说，这已经是一笔很大的开支了。

眼看阿琴就要开学了，可家里一分钱都拿不出来，反倒欠了一屁股的债，无奈之下，叔叔带着阿琴去当地的资助中心办理了助学贷款，只有等阿琴毕业后自己赚钱还。

开学那天，阿琴一个人拖着行李箱乘坐火车到达了学校，开启了她的大学生活。后来，奶奶病逝，她回家参加葬礼，看见父母瘦削的身材，一脸憔悴的样子，她心里就像被针扎了一样。

阿琴妈妈的血压一直偏高，可她总说自己没事，还说自己每天精力充沛得很，怎么会得高血压。有一次她去厂里干活，突然头晕得厉害，负责人赶紧将她送到附近的诊所检查，医生一量，惊呼道："天啊，你的血压高达190了，竟然还说自己没事！"

没过一会儿，叔叔赶到了诊所，待医生开好药后，便将阿姨带回了家。在路上，阿姨反反复复叮嘱叔叔不要将自己血压高的情况告诉阿琴和她弟弟，怕他们担心。而且她嘴里还念叨着："这一点儿药就花了两百元钱，我都说了自己没事，干啥花这冤枉钱。"

阿姨把药吃完后，拒绝再吃药，她说那些药都是骗人的，只要自己每天多休息一下就可以了。阿琴还是知道了真实情况，便每次都偷偷买药回家给阿姨吃，而且就像骗小孩一样，告诉她说："妈，这个药是我一位在医院工作的师姐推荐的，她说对高血压很有帮助，而且这个药价格很便宜。"

阿琴说到这儿，突然有些无奈地说："你知道吗？尽管我每次跟妈说药很便宜，她都会问多少钱。我一般都得往最低的价格说，比如我花了四百元买药，可我得说只花了四十元钱，因为说多了我妈会特别心痛，她会觉得自己连累了这个家，连累了我们。"

你以为父母吝啬、抠门，其实那是他们在委屈自己，他们不希望子女担心，不希望成为孩子的负担。

03

从小我就觉得我爸爸很抠门，他在生活上特别节俭。有一次我和他一起去乘车，他就为了三元钱和我起了争执。当时我已经高中毕业了，我觉得几元钱根本不在我的考虑范围之内，当时心里对他的所作所为非常反感。

甚至有很多次，我都觉得他实在是一个穷得可怕的小老头，时常为了几块钱斤斤计较，给他买新衣服，他却觉得我们在浪费钱，一点儿也不领情。我甚至产生一种"穷一辈子真是有原因"的想法。

这些年我们都已经长大了，我们都有了不错的工作，每月有一笔可观的收入，再给爸爸买新衣服、带他去好吃的，他反而不会像以前那样批评、教育我们了，而是满心欢喜地接受。

有一次一位男读者给我留言说："怡安，你知道吗？我真的特别无奈，我同学们的爸爸都有本事，而我爸爸只是一个很普通的工人，他除了叫我好好努力以外，什么都帮不了我。"

看到这样的留言，我有些气愤地回复道："你有没有想过，其实你爸爸已经很努力了，他已经在力所能及的范围内为你提供最好的生活了，只是你习惯性忽略了而已。"

　　他想了想回答我说："你这么一说，的确是，我爸是工厂里的工人，平日起早贪黑工作就是为了多赚一些钱，他身体一直不好，却还是在硬撑，是我太不懂事了。"

　　小时候不理解父母所做的一切，长大后才发现原来他们都是在为我们负重前行。父母喜欢关注我们的一切，大多数子女却连发个朋友圈也会将他们屏蔽；父母为子女提供一切，大多数人却将此当成了一件天经地义的事情；父母会为了你一次又一次妥协，你却在一次又一次让他们被迫妥协。

　　有时候，有人会觉得父母对你所做的行为太自私，后来才明白你的一举一动都牵动着他们的神经，他们希望你能过得好。这一生，父母并不会亏欠我们，而我们才是最亏欠他们的，我们更需要好好去报答他们。

想家的时候，才知道什么叫背井离乡

01

又是一年元宵节，我都不知道在外地过了多少个元宵节了。

从初中开始，元宵节我大多都是在学校过的，今年由于学校放假晚，开学也晚几天，本想着终于可以在家过元宵节送年，却又开始了上班族的生活，想再回去过元宵节，不好意思，老板不批假。

寒假在家待了一个月，刚开始的几天还觉得日子新鲜，仿佛是刚升起的太阳，沐浴着它的阳光，感觉很幸福。可时间一久，却又发现阳光刺得你浑身不舒服，坐也不是站也不是，只想找个地方躲起来，可我现在却又无比思念它。

今天上午，家里给我打了好几个电话我都没接到，中午的时候，我给家人打过去，父母在电话那头千叮咛万嘱咐。在家人眼里，你永远是他们的孩子，那个长不大、随时需要关心的孩子。

可谁又曾记得时时刻刻关心他们呢？

02

我爸身体一直都不太好，年纪大了，各种毛病就出来了。就在前两个月，我正在准备考试的时候，爸爸出现头晕、身体无力的状况，刚开始以为是近来太累，休息两天就好了，大家都没太在意。

没想到时间一拖，病情更严重了，他得了胃溃疡出血，到医院时，身体已经十分虚弱了，医生赶紧通知住院接受治疗。

爸爸这一病，家中三个孩子都赶回来了。以前我总觉得父母无所不能，却忘记了他们只有在我们面前才会无所不能。

我姐夫、姐姐带着小外甥女连夜开车回去。我临近期末考试，也请假赶回去，在火车上拿电脑完成当天的考查科目，给老师发过去，不然就会挂科补考。弟弟在长沙那边坐了飞机回来，要不是我爸这一病，儿女过年各有各的事情，说不定都还聚不齐。

还好，住院一周后，爸爸的身体已经恢复了大半，只是身体明显没有以前好了，坐久了都觉得疲惫。

以前总觉得他是一个无比高大、无比强壮的男人，如今却被岁月摧残得就只剩下头上的白发和脸上的皱纹了。

再强大的人，都抵不过疾病的折磨，只要碰上它们，逃也逃不了，躲也躲不了，只能站在原地，任由它摆布，真希望它们能善待我们最亲的人。

孩子们都长大了，都往大城市去了，每天被大城市的繁华新奇占满了整颗心，哪里还留有位置经常挂念自己家中盼望着你回去、哪怕是打一通电话的父母呢？

03

自从上大学后，国庆七天长假我都很少回去过，学校离家的距离并不算远，可我就是不想回去。

回家多没意思啊，在学校可以和同学约着去旅游，去聚会，哪像回家却只能坐在沙发上干瞪着眼，没有玩伴，也没有繁华的夜市可以逛，还是在大城市里待着好啊。

何况回去后耳边还时不时地传来他们的唠叨，以前觉得是他们话多，现在才明白，这是父母在努力寻找话题，只想靠你近一点儿。

现在不一样了，我一有时间就想抓住机会回家，就算是坐坐，说一些细微的小事，也会非常满足。

越长大越想家，越明白家的意义是什么，它是你心间最柔软、也最坚硬的地方。你被家保护着，同时你也在尽自己最大的力量去保护它。

04

一位朋友在外面上班已经快三年没有回过家了。当初高考毕业后，他没有听取父母的意见上大学，而是一个人外出闯荡。奈何社会黑暗，人心叵测，他才刚踏出门不久，就在火车上被骗子骗去了生活费，兜里只有几十元零钱。

他那么高傲的人怎么可能打电话向家里求助，于是一个人到了广东后，不吃不喝，在地下通道睡了两晚。

白天到处找工作，晚上就只能买点馒头，喝点水。睡在通道里，地上又冰又凉，虽然那时广东天气很热，但对他而言，却是一个最冷的夏天。

后来好不容易找到一份工作，干了大半个月，却因为老板跑路，没拿到一分钱工资，好在找朋友帮忙，每人借了一些钱给他，才让他暂时不用风餐露宿。后面发生了哪些事情，我就丝毫不清楚了。

我问他在干什么，他开玩笑说在搬砖。

我笑着说："你怎么这么久了还不回家？你的家人真的很想你。"

他说，最近公司的业务不好做，现在的钱太难挣了，开销又大，一年下来实在没剩下几个闲钱，他临走时答应过父母，一定要赚钱回去孝敬他们，他只想尽他最大的努力去让他们过上更好的生活。

可他现在还做不到，他认为他是男子汉，就应该为家人保驾护航，而不是逃避责任。

年轻人就是这样，都想到大城市去闯荡，选择远走他乡，城市可能大得容不下你。但是，家里永远是你的避风港。只要父母在，家就在，避风港就永远在。

小时候我们天天盼望着过节，如今却越来越害怕过节。一到过节，没有时间陪家人，没有能力给家人打钱，更别谈带他们去旅游、看世界。

奈何家在那头，理想在这头，而我们在中间。每年的节日，其实也没有什么特别的，就是会特别想家。最想家的时候，才明白背井离乡只是为了追求理想，为了让家人过上更好的日子。

谢谢你，我亲爱的陌生人

01

2018 年 5 月，我请假回学校办理教师资格证的相关手续，从遵义回重庆，下高铁时刚好是中午。每到这个点，我就忍不住想用美食来填饱我的胃。

于是，我去一个小摊前，要了一份凉面。本来阿姨已经将凉面拌好，并盛了一小半在纸碗里，当时我只是随口说了一声："好饿呀！"没想到阿姨立马又给我添了一些拌菜和凉面，放入一些佐料开始拌起来。

阿姨一边拌凉面，一边笑着对我说："可不能饿着，我给你多添一点儿，吃饱了才有力气工作啊，一个人在外也要好好照顾自己。"

经常忙忙碌碌，就这样看似一句简单的话，那种熟悉的温暖已经好久没有找回过了，我真诚地向阿姨道谢，心里感觉暖暖的。

她又给了我一个大大的笑容，那样的笑容我永远也不会忘记。

每次我打车去火车站或高铁站，司机师傅都会问我是几点的车，如果时间很紧，他会集中十分精力，时刻关注着时间，提前告诉我从哪个入口进更近，甚至会把我送到最近的入口，叫我赶紧上去取票检票。

这些陌生的人啊，总是在用最熟悉的关怀感动着我们。

02

我读大学的时候，从学校到家需要乘坐五个小时左右的火车，有时候人多，就买不到坐票。

有一次放假回家，我拉着一个大箱子上了火车，由于买的是站票，于是选择了一个比较空旷的位置停下，一旁是一位50岁左右的叔叔，他主动帮我把箱子放了上去，我便靠在一旁的座椅上开始用手机写文章。

火车刚开十分钟，叔叔就起身叫我坐下，还说他坐太久了不舒服，想起来活动活动筋骨。

可我明明看见他也是上车不久，连行李都是刚放上去的。看他的打扮，应该是在工地上班，他皮肤黝黑，一双手上有着厚厚的茧，脚上穿着一双有些破旧的胶鞋，我想他肯定也很辛苦。

我推托了好几次，他硬是叫我坐下，他还说："你跟我女儿一个年纪，每当在外看到你们，我就想起了我的女儿，我这样做多了，女儿在路上，也会有陌生人帮助她。"

那一刻我特别感动，道过谢后便坐下了。叔叔起身后，到斜对面的一个座椅上靠着，中途我也起身让过几次座位，可他依旧拒绝了，一直到我下车，他才坐了下来。

回家后，我跟我爸说起这件事，我爸笑呵呵地回答："每次我在车上也是如此，我们对别人好一点儿，别人也会对我们好。"

他们用真正的行动来告诉我，人与人之间的帮助是互相的，即使是陌生人也应如此，你给了别人温暖，也总会有人给你温暖。

03

我听朋友说，她住的地方离上班的地方有一个多小时的路程，由于刚出来工作，舍不得花钱租好的房子，所以住所有些偏僻。

路途之中有一条小巷子，路上坑坑洼洼，石子满地，特别不好走，天黑时得打开手机电筒才能继续前行。小巷子的中间，有一个副食店，一位 60 多岁的婆婆在卖东西。很长一段时间，那个副食店外面的灯都是亮着的，给了那些前行的人很多力量。

有一次朋友去婆婆店里买东西，顺便问起了这件事，才知道事情的前因后果。

婆婆说，前段时间有个女孩在这条巷子里摔倒了，从那以后，每天天一黑，她就会把店外的灯通夜亮着，目的就是方便早出晚归的人们通行。

从此，越来越多路过的人跟婆婆打招呼，婆婆也以微笑来回应大家。就这样，以一个陌生人的身份给予关怀，又以陌生人的身份收获关怀，真好。

从此，这条坑坑洼洼的路，对于早出晚归的人而言，充满了温暖。

对于陌生人，我们常常不抱什么期望，但有时候，我们常常能感受到来自陌生人的善意。

我也如此，一些小感动会影响我很久。有一次，朋友的玻璃杯不小心摔碎了，她将玻璃碎片直接用垃圾袋装上就放进了垃圾篓，我立马将其用海绵包装起来，因为我害怕捡垃圾的奶奶扎到手。

是他们用感动温暖我，然后教会了我如何去温暖别人。

人生中，不管是亲情、友情还是爱情，总有一些感情会让我们感动。也总有一些陌生人，会在我们手足无措的时候，给我们帮助以及温暖。

在无数个瞬间，我们被陌生人的温暖所感动。因为感动，所以传递温暖。其实每个人都能成为守护这个世界的英雄，善良的你我，皆不渺小。

三观不同，不相为谋

前两天我约好朋友欣欣一起去拍艺术照，我们一直都想把自己拍得美美的，再说都已经开始工作了，连两张稍微好看点儿的照片都没有，总觉得少了点儿什么。去了之后，店里面的姐姐给我们推荐了很多样式的样片，还带我们去每个场景看，但我们并不喜欢那样的风格，便放弃了拍照。

我和朋友分别没多久，就接到她电话："怡安，我跟我男朋友偶然说到了我俩拍艺术照这件事，你知道他怎么说吗？"我笑着说："按照以往对他的了解，我猜他肯定没说什么好话。"

欣欣提高声音说："没错，他竟然说我臭美，简直就是在败家！"她越说越生气，开始委屈起来，"我败谁的家了？我又没花他一分钱，女生爱美怎么了？"

不得不感叹：三观不同，做恋人真累。

欣欣和她男朋友在大二时开始谈恋爱，欣欣是个爱美的小女生，巴不得每天打扮得漂漂亮亮的和男朋友一起去逛街看电影，而她男朋友又很讨厌这些事情，不是觉得浪费钱，就是觉得没意思。

每次他和欣欣出去，就会不停地限制欣欣的活动，不准她穿短裙，认为那是在卖弄风骚；不准她去买衣服买零食，认为太浪费；不准她去肯德基、星巴克，觉得那是在炫富，还说那是一种很低级的行为。

当欣欣给我们讲这些时，我们真是一脸疑问："去肯德基、星巴克就是炫富？他确定吗？原谅我的世界观又被刷新了……"

现在他俩都处于实习期间，欣欣在遵义这边一个小学实习，他男朋友在重庆的一个培训机构实习，两人已经两个月没有见过面了。

按理说，高铁开通后，遵义到重庆只有一个多小时的车程，而且价格也很实惠，两人相距不远，即使做不到一周见面一次，至少也该一个月见一次面，可事实却并不是这样。

欣欣每次叫他到遵义来，他说浪费钱，来回的费用再加上食宿费，再怎么也得花上 400 元，实在不划算。

欣欣知道他在重庆开销大，非常理解体贴她，便告诉他，自己从遵义过去找他，这样他就花不了多少钱。

没想到她男朋友火冒三丈，说欣欣不懂事，整天就想着玩，还说几个月不见面又不会少块肉，谈个恋爱非得把钱浪费在这些小事上。

欣欣重视两人的感情，觉得花点儿钱也是值得的，毕竟感情不经常交流，很容易变冷淡，而他却觉得这是一件小事。两人对待感情和金钱方面的态度实在大相径庭，而且在事业上也是各自持有自己的想法。

欣欣委屈极了，两人赌气谁也不妥协。欣欣说如果他再这样下去，她肯定会提分手。

欣欣和男朋友其实挺喜欢彼此，只不过两人的三观实在不同，俗话说道不同不相为谋。真是应了那句话，相爱容易，相处难。

02

知乎上有这样一个提问：和三观不合的人在一起是怎样一种体验？

点赞最高的回答是：和他旅行，还不如带条狗。

什么是三观不合？无非就是世界观、人生观、价值观不一致。

比如你讲卫生喜欢洗漱，他说你浪费水；你喜欢旅游，他说全是花花草草没啥好看的；你爱大海，他却告诉你那儿淹死过很多人。

而所谓的三观相同，并不是两个人意见完全一致，因为每个人都有自己的想法，不可能做到完全一致，但是，在大部分事情上，两人能达成一致的看法，持有相同的态度。

我外婆是一个非常强势的人，而外公性格温和，平时家里大小事他基本都会听外婆的。但外公决定去当兵时，家里父母以及亲戚朋友都反对，劝他眼下最重要的是把孩子养大，而不是浪费时间去瞎折腾。

没想到外婆第一个站出来支持外公，虽然她没文化，更没多少见识，从出生到现在都未踏出那个小山村半步，但她希望外公能够多出去闯荡闯荡，就算自己辛苦一点，也不愿让家庭绊住外公的双脚。

外公和外婆虽然在文化与家庭教育上面都存在一定的差异，但是，外公理解外婆的不易，外婆尊重外公的决定，两人陪伴彼此，一直是外人眼中的模范夫妻。

能够有一个三观相合的恋人相伴一生，就是莫大的幸福，时光会见证他们的温情，岁月会善待他们的幸福。

03

有人说："如果一对恋人三观不合，如果你们少了共同的追求，那你们的生活就只会矛盾百出。这样的矛盾也只会让你们的感情面临破裂。三观会决定你们感情的高度。"

事实上的确如此。前一段时间，网上有一个很火的视频合集，段子大神将其总结为以下两句话：

选对了人，老了和你一起荡秋千。

选错了人，老了和你华山论剑。

但我觉得这都是爱情最美好的状态，因为不管是吵还是闹，他都会陪着你，而不是扔给你一句冷冷的话："你真无聊！"

可以从以下几个方面来判断三观是否相合。

第一个方面：你们是否能够聊到一起？

如果两个人在一起连聊天都不愉快或不自在的话，那说明两人的交流内容或方式存在不同。真正能聊到一起的人，说废话不会觉得烦，不说话不会觉得尴尬，这是最重要的一点。

第二个方面：你们的消费观念是否一致？

自古以来都在强调"门当户对"，这话不无道理，两个人的家庭条件或者是教育方式在很大程度上决定了两人的价值观，你想把生活过得多姿多彩一点，他却觉得是在浪费钱，总之，在花钱问题上看对方不顺眼的两个人，很难愉快地相处下去。

第三个方面：你们是否能够融入对方的交际圈？

一个人的交际圈，其实也反映了这个人的性格、思想、习性。跟一个人在一起，就代表要接受他的习惯和圈子，如果双方的价值观和生活观都不同，你也接受不了对方的圈子，那彼此的吸引力会越来越小。

第四个方面：你们是否能够为对方做一些妥协，或者选择包容对方？

那些浪漫的爱情故事，并不是两人从见面那一刻开始就十分合适，相爱容易，可相处难，每个人都有自己的小脾气和习惯，只有双方相互妥协和包容，感情才会越来越好。相反，如果双方不愿意互相包容，甚至丝毫不愿妥协，那爱情总会有走到终点的那一步。

人生漫漫，还是找个与你三观相合的人谈恋爱吧，或许对方不是世界上最好的那个人，但他却是最懂你的那个人，愿他能懂你的浪漫，懂你的爱。

我们越长大，父母越胆小

01

昨天上午，我爸给我打了一个电话，我当时正在忙着修改公司的文案，一看电话显示是我爸的号码时，我想也没想就挂掉了。我本想着下班后就给他回过去，没想到一有空闲时间，自己宁愿聊天、刷点微博也想不起来给他回电话。

我突然想起了那句话："我们对父母的电话是不回，父母对我们的电话是秒回。"

晚上十点左右，我爸又给我打了一通电话，这时我正在阅读文章，我有些不耐烦，电话一接通就问："爸，你有什么事吗？"

我爸这个年过半百的人，在听到我声音的这一刻竟然开心得像一个孩子得到了糖果，他立马叫着我的小名，问我是不是还在忙。

我说："嗯，还在忙。"

我爸起先沉默了几秒，后来突然有些不好意思地对我说：

"过两天你要回来吗？我好去准备你最喜欢吃的排骨。"

听到这句话的时候，我的愧疚感一下涌遍了全身，迟迟散不去，过两天就是他的生日，我全然忘记，而短短的"我生日"三个字，他却不敢主动说出口了。

不知道从什么时候开始，我爸在我面前越来越小心翼翼了，从未想过，以前他那么要强、严厉的一个人，如今却变得越来越束手束脚。

越长大，快乐越来越少，父母对我们也越来越小心翼翼。

02

同事凌凌和我有着同样的体会，以前她的事情都由父母做主，现在不管什么事父母都得询问她的意见，照顾她的情绪。

凌凌是独生子女，从小到大，她所有的一切都由父母决定，该穿什么样的衣服，该选择哪个专业，该上哪所大学，人生大小事基本不由她做主。这么多年来，凌凌基本习惯了父母的强势，因为即使和父母讲道理或者反抗，都会被父母果断拒绝或忽略。

凌凌不想一辈子生活在同一所城市，便不顾父母的反对到了另外一座城市上班，这是她人生中第一次主动做主。

上次端午节回家，凌凌和妈妈一起去商场买衣服，按照平日的习惯，凌凌只需要听从妈妈的意见去试衣服，好看与否全得她点头。没想到这次凌凌妈妈竟然轻声细语地询问她的意见，自己试穿衣服后还特意问凌凌好不好看，这转变让凌凌目瞪口呆。

不仅是在这一件小事上，在很多事情上他们都改变了态度，会主动征求凌凌的意见，就连每次说话都变得小心翼翼，生怕哪句话惹凌凌不开心，只因为他们害怕凌凌讨厌自己，更害怕凌凌离他们这两个老人越来越远。

我们越长大，父母变得越小心翼翼，对我们说话的语气越来越柔和，甚至还有些讨好的意味。

不是我们厉害了，而是他们变老了，他们觉得已经没有能力再保护我们了。

03

总有些人，越长大却越漠视父母的爱，很多子女，对别人有极大的耐心，对父母却没半点儿耐心。

表哥在北京打拼了好几年，职位坐得越来越高，薪资也拿得越来越多，身边接触的都是有文化有素质的人，在所有人眼里，他脾气很好，可他对自己农村的父母却越来越没有耐心。

每次表哥从北京回来后，舅妈就特别喜欢和他聊天，会主动问他各种各样的问题，比如，"北京故宫是不是很繁华？天安门是不是很宏伟？长城是不是真的有那么长？"

舅妈用急切的眼光望着表哥，眼神中有着自豪、满足以及满满的欣喜，她满心欢喜地等待表哥的答案。可表哥不是玩手机勉强敷衍一两句，就是嘲笑舅妈是个乡下妇人什么都不懂，问了也白问。

舅妈问过几次后都是得到同样的答案，便再也不敢问了。从那以后，舅妈在表哥面前异常小心，注意自己的一言一行，生怕表哥看到了心烦。

以前家里大事都是舅舅说了算，现在但凡遇见点儿事情，舅舅就会征求表哥的意见，表哥觉得他们总是用这些小事来打扰他，拒绝了三次五次后，舅舅连给他打电话也得考虑一番。

父母会为你的进步而骄傲，为你的快乐而快乐，为你的伤心而失落，为你的成长而欣慰，为你的沮丧而担忧。请收起你那些不耐烦的眼神，别让父母在你面前变得小心翼翼。

04

作家张洁有一部作品《世界上最疼我的那个人去了》，我第一次接触这本书还是在高一，那时候读不懂书中的感情，大学毕业后再读，屡屡落泪。

诃是一名成功的女作家，母亲年迈多病，为了避免给女儿带来经济上的负担，她省吃俭用。她为女儿的成功而高兴，平日里一举一动都十分小心谨慎，就连病重麻烦女儿都会隐隐觉得愧疚。

女儿在哈尔滨给她打长途电话，问她各方面情况如何的时候，她老是说："没事，挺好的"。

她从不要求女儿关照她，从不抱怨女儿常常把她扔给阿姨照顾，只要女儿快乐幸福，她就满足了。

现在很多父母宁愿自己忍着病痛，熬着想念，也不愿意给子女增添麻烦，因为当他们意识到自己逐渐变老，越来越没有能力保护子女时，他们能给子女最大的帮助就是，少添麻烦。

小时候，我们听父母的话，不知不觉间，我们的父母变得很听我们的话了，其实只是因为他们害怕失去我们对他们的依赖，从而转身依赖我们。

他们用耐心和爱抚养我们长大，作为子女，我们同样也该用爱和耐心陪他们变老，别因为自己不经意间的几句话，而让父母在我们面前变得越来越小心翼翼。

那种隐隐相隔在父母与子女之间的距离，我们容易跨越，他们却要用尽全部的力气。

和读者谈恋爱，是一种怎样的体验？

01

我的男朋友是我公众号上万读者中的一个。他在 2017 年 11 月的某一天关注了我的公众号，接着出现在我的微信好友列表中，偶然一次聊天引起了我极大的关注。

当他谈到写一篇 2000 字的稿子只需要半个小时时，我就开玩笑说那帮我也写一篇吧。没想到他立马去网吧给我写了一篇小说出来，收到他发过来的稿子时，我的思绪还是混乱的。

他只花了两周时间追求我，大概是我觉得缘分真的来了，所以没过两天我就同意了他的追求，到现在我们在一起已经一年多了。

他是一个学霸型的理科男，有的是理性。而我是一个学渣型的文科女，有的是感性，当理性与感性相结合时，就会产生很多笑话。而这之间的笑话，全是我这个学渣女朋友闹出来的。

前两天，他下班回家坐了一辆出租车，一上车就听到出租车司机夸他的女儿各种好，然后将重点放在了他女儿考的 211

大学。

　　全程十七分钟，司机有十六分钟都在讲他女儿学习有多么认真，男朋友在刷新闻，也没有多认真听他讲，毕竟应付熟人之间的炫耀已经够累了，再加上工作也够费心思了，哪还顾得上来应付陌生人的炫耀呢。

　　最后，到站付钱。男友本以为司机会停止这个话题，没想到他问了一句："对了小伙子，你上的是哪所大学呀？"

　　我猜司机以为男朋友压根儿没上过大学，便好奇问了问，没想到男朋友说："××大学。"司机一听是一所985高校，便没说话，找完零钱，待车门关闭，扬长而去。

　　男朋友后来跟我聊起这件事。他说其实现在社会上还是有很多人会对低学历的人产生歧视，低学历者走的每一步路总是比高学历者要困难得多，紧接着他问我有没有这样的感受。

　　我回答："有啊，我既不是985，也不是211，我只是个专科生而已。"

　　说到这儿，他很好奇地又问我高考考了多少分。

　　我说，不多不少吧，530分。

　　他说："你只考上了一个三本，别说985，211对你来说都太难了。"

　　我反驳："哪里难？要是我从初中就开始好好努力，我一定可以考上211的。"他去百度查了一下重庆当年的211录取分数线，他说，630分才可以上211，你能行吗？

　　我斩钉截铁地回答："能行啊，我再努力点儿一定可以的，分数差距又不大，你不要看扁我好不好。"

他很无语，并说了一句："是啊，差距不大，就 100 分而已，有些时候不是自己努力就一定能考上好大学的，领悟能力以及学习能力和努力一样重要，我看你的智商，考个二本就已经很不错了。"

02

我俩一起出去玩，在车上聊天，他跟我聊的全是高深的话题，比如叫我分析一下当地地形、地势，再比如吹的什么风，我说我地理学得不好，他质疑我，你不是学文科的吗？

我说："谁说学文科地理就好啊？"

他感叹道："当年我如果选的是文科，肯定就上北大了。"

我有些幸灾乐祸地回答："还好你没读文科，不然你的问题我可能听都听不懂了。"

还有，我俩一起看电视，他特别喜欢历史，每次总看历史剧，一看到某个情节或者人物，他就准会问我："你知道他是谁吗？"

我自作聪明地点点头说："我知道啊。"

他是那种不追问到底就不会放手的人，便继续问我："那你给我讲讲他是谁？"

我知道谎圆不下去了，便装作什么都没发生一般地回答："我不知道。"

他立马反问我："你刚刚不是说你知道吗？"

我马上换脸，装可爱跟他讲："你给我讲了，我就知道了啊。"

他早已习惯了我这样的套路，也没有表现出不耐烦，便一字一句地给我讲该历史人物的相关事迹，等我听明白了他再继续看，所以每次我也很享受和他一起相处的时光。

03

我俩刚认识的时候，他每天晚上要拉着我聊天聊到凌晨一两点，微信上传来一条又一条消息，全是他发的各种新闻消息。

他打字很快，可能我一句话还没打完发过去，他又开始新一轮的话题了，害得我时不时又把打好的字删除掉，再打另一个问题的回答。

因为他是学计算机专业的，打字实在太快了，很多时候我就只会回复"嗯嗯"两个字，代表我在听。

看着满屏都是他发的一长串消息，而我只有一两句，我哭笑不得，他也发现这个问题了，便停止他的长篇大论，问我："你怎么都不回消息呢？"

我只好如实回复他说："你打字速度太快了，我实在跟不上。"

他回答："这样啊，我之前习惯了，那我现在打字慢一点儿，你就有时间回复了。"

本来我该开心起来的，没想到后面反而更有压力。

他开始问一些新闻性的问题，问我有什么看法。而且，他问完问题后，不会再像之前那样谈其他问题，而是一直在那儿等我回答，我对他提的问题一无所知，还得去百度了解后，才能勉强讲几句，这让我的压力更大。

我俩的通话算是情侣中的一股清流了，我的朋友们谈恋爱打电话，都是讲自己最近发生了哪些事，又有哪些新的八卦和话题，而我俩打电话，他和我探讨文学、新媒体、写作，我在这儿一边听他不停地和我讲，一边不停"嗯嗯"回答，感觉像学生在接受老师的教导一样。

有一次都要睡觉了，他在电话那头叫我给他出一个题目，他以古体诗和现代诗的形式写出来，即兴创作，写完之后我俩再一起修改。我听到我一位室友说："他俩谈恋爱都是谈文学、谈创作，好高大上啊。"

其实她们哪懂我的苦，和这种全能型的学霸谈恋爱是真有压力，所以我也一直在提升自己，就算做不了他的导航，也争取做他的红绿灯，一起前进，一起成长。

说他不懂浪漫，但他内心非常细腻，他会为我考虑很多，也会在我遇到困难和麻烦的时候第一时间为我解决，给我分析问题，给我指出该改正的地方。在他身上我会学到很多书本上学不到的东西，他会教我怎么去处理一件事情，也会监督我学习和进步。

04

他经常对我说的一句话也是："不怕神一样的对手，就怕猪一样的队友。"

有一次，他打电话叫我出去，给我送了一个很精致的小蛋糕。他叫我找个地方先把蛋糕吃了再回家。我说，这么好看的蛋糕，我一定要先拿回去欣赏够了再吃。

于是我乐呵呵地拿着蛋糕回家，心里还在盘算要不要照一张好看的图片发朋友圈，如果要发朋友圈该配什么样的文字，该用什么样的表情。

万万没想到由于公交车上太挤了，蛋糕被硬生生挤成了一张大饼，我后悔不已。

当我把情况告诉他时，他似乎早已料到，然后还幸灾乐祸地对我说："我叫你先找地方吃了，你偏要拿回家，就凭你的智商，我早就猜到这个蛋糕你拿不回家。"

虽然他有点儿喜欢取笑我，但是，这里的"取笑"可以理解为恋人之间的一种相处方式，不带恶意，也不带刻意，所以我也不反感，更不会因此而生气闹矛盾。

他有些霸道，也有些温柔；有些坚硬，也有些柔软。有时候觉得他是一个不太懂浪漫的人，但他要是浪漫起来，会让你颠覆自己对他的认知。

有时候他很温暖，会时刻担心我，会随时给我发消息、打电话，询问我是否安全。每当外出的时候，基本每隔一个小时就会收到他的消息，他说自己真担心我什么都不懂，被人给骗了。

爱情是平等的，他很好，我也在努力提升自我，该撒娇时就撒娇，该生气时就生气，做自己才最开心。说真的，在这将近两年的恋爱生活里，我俩一点儿也不甜，倒是有点辣，我觉得越辣才越过瘾。

真正的爱情，是互相妥协

01

我隔壁住着一对三十出头的夫妻，他们有一个两岁的女儿，虽然偶尔会有点儿小矛盾，但是一家人看上去其乐融融。

由于我们是对门，一来二去大家也熟悉了。小芮和我玩了几次后，经常会给我送一些小糖果或者水果过来，我也常给她买玩具、买美食。

小芮的爸妈都有稳定的工作，吴哥在房地产做销售，邓姐在一家公司当文员。在空闲时间，他们还会去自驾游，日子过得自在幸福。

有时候，我特别向往这样的生活，一个人的生活始终有些孤独，一家人在一起总会热闹许多。就在过完年回来后，我发现感情一直很好的他们却在闹离婚，甚至每隔几天就要吵上一架，有时候为了一件小事都争得面红耳赤。

后来我才知道，原来是公司准备将吴哥借调到外地工作一年，但邓姐觉得吴哥不应该在小芮这么小的年纪离开她们，这会给她增加极大的负担，甚至会让她崩溃。她的内心很希望吴哥可以留下来，就算是工资低一点儿，但只要一家人能够在一起，她就满足了。

但吴哥却觉得如果他在三十出头的年纪不好好奋斗，争取出人头地，那他 40 岁的时候，家庭的条件还是如此，他再也没有能力给家人提供更好的生活。

后来，两人的矛盾越来越大，双方甚至把之前所有的不满一一给讲了出来，"自私""冷漠""不懂感恩"等形容词一股脑儿地用在了对方的身上，曾经的甜蜜与幸福在这一瞬间烟消云散，他们甚至恨不得从来没有认识过对方。

02

街坊邻居也都来劝过几次，可矛盾始终存在。两人都有各自的想法，谁都不愿意去认真听对方的解释；明明都很爱对方，可谁都不愿意为对方妥协一步。

邓姐这么一闹，吴哥觉得自己是个男人更不能轻易妥协，必须得坚持到底，否则面子就全没了。吴哥越是坚持自己的想法，邓姐就越是疑神疑鬼，猜测他是不是爱上了别人，所以才一心想外出工作。

吴哥又觉得邓姐侮辱了他，两人争吵一次比一次厉害，甚至到了要离婚的地步，小芮经常无缘无故哭泣，整个家庭氛围都变了。争吵，只会让两人的感情一次又一次地受到伤害，甚至破裂。

在感情中，很多人以为自己发发脾气，和对方吵吵嘴后，矛盾就会解决掉，却没有想过，吵架非但不会解决两人之间的矛盾，反倒会加深矛盾，甚至会闹到不可挽回的地步。

现在很多年轻人的感情来得快，去得也快，有时候明明很喜欢对方，但就是不知道如何共同坚守那一份爱；或许是双方的不成熟，又或许是双方的肆意赌气，导致一份明明坚固的爱情到最后却只能支离破碎，以失败告终。

身边分分合合的情侣们有时候会因为一句话而争吵、冷战、分手，有时候又会因为一句温暖的话而忘掉所有的苦，但没过多久，矛盾再次浮出水面，重蹈覆辙后的结局不过是彻底分手，让爱的人彻底成为前任。

好的爱情从来就不是一蹴而就的，它需要两人共同付出、共同维护与共同妥协。好的爱情也从来不是一个人的事情，不是一方付出，更不是一方的小心翼翼，而是双方都懂得为对方考虑，双方都需要磨平棱角去拥抱对方。

03

涂磊讲过这样一个经典的小故事：

一对情侣成了家，姑娘口味清淡，丈夫无辣不欢，姑娘便常去父母家蹭饭吃。一天，姑娘的父亲做的菜咸了一些，母亲便拿来水杯，将菜在清水里涮一下再入口，忽然，姑娘从母亲细微的动作中领悟出了什么。

第二天，姑娘在家做了丈夫爱吃的菜，当然，每一个菜里都放了辣椒，只是她的面前多了一杯清水，丈夫看着她津津有味地吃着清水里涮过的菜，心里很不是滋味，眼睛也有些湿润了。

之后丈夫也争着做菜，但是，菜里已经找不到辣椒了，而他的面前多了一碟辣酱，菜在辣酱里蘸一下，每一口他都吃得心满意足。为了爱，为了自己，他们一个坚守着一碟辣酱，一个坚守着一杯清水，他们更加懂得怎样坚守一份天长地久、细水长流的爱。

他们深知夫妻之间相互妥协的重要性，所以在面对一件事情两人有不同的意见时，懂得适当退一个台阶，这是一种智慧的妥协。当然，妥协不是没有原则，只要不触及底线都可以选择主动妥协。

在爱情中，所有的合适都是通过两个人的相互迁就、理解、改变和提升实现的，没有天生就很合适的恋人，只要两个人朝着相同的方向努力，心中始终有对方的地位，便是最好的爱情。